Für Micki!

[signature]

MARTIN SELLE

DAS X-TEAM
WAS GESCHAH UM 21:07?

Amrûn

Martin Selle
ist einer der meistgelesenen und beliebtesten Schriftsteller bei Kindern und Jugendlichen. Seine Werke basieren auf den zeitgenössischen Lesewünschen junger Leute von heute, verknüpfen innovativ und originell spannungsreiche Unterhaltungsliteratur mit bildungsorientiertem Sachwissen.

»*Martin Selle weiß, wie man Hochspannung, Nervenkitzel und Wissenswertes in klare, kraftvolle Prosa für junge Leser verpackt.*«
Lesen heute

Deutsche Originalausgabe
Amrun Verlag
www.amrun-verlag.de

1. Auflage: April 2016
ISBN: 978-3-95869-168-1

Copyright © by Martin Selle

Wissenschaftlicher Teil *KUNST lesen* in Zusammenarbeit mit
Mag. Sabine Fürnkranz, Kunst-Service Wien

Handbuch *Mich erwischt ihr nicht!* in Zusammenarbeit mit Susanne Knauss, Autorin:
www.susanneknauss.com (Lesungen für Volks- und Grundschulen)

Umschlaggestaltung: Jens Weber
www.jensmariaweber.de

In der aktuell gültigen Rechtschreibung

Bibliografische Information der Deutschen Nationalbibliothek:
Die Deutsche Nationalbibliothek verzeichnet diese Publikation in der Deutschen Nationalbibliografie; detaillierte bibliografische Daten sind im Internet unter http://dnb.d-nb.de abrufbar

Martin Selle

Das X-Team
Was geschah um 21:07

Über das Buch

Wien, Kunsthistorisches Museum, 21.07 Uhr:
Ist das reiner Zufall?
Schätze der Menschheit ist die erstaunlichste Gemäldeausstellung, die je gezeigt wurde. Plötzlich Stromausfall? Eine Bande vermummter Gangster dringt in das Museum ein. Schnell stellt sich heraus, diese Verbrecher tun alles, um ihren teuflischen Plan auszuführen - egal, was dazu notwendig ist.
Und mittendrin das X-Team: Luke, Dexter und Skipper.
Doch als die drei Freunde die wahren Zusammenhänge begreifen, ist es so gut wie zu spät ...

Das X-Team
Wie alles anfing

– 1 –

Ich starb zum ersten Mal am 28. September des vorigen Jahres. Ich bin Lukas (Luke) Lobec - zwölf. Meine Erinnerung an diesen unfassbaren Schulausflug in die Alpen sieht ungefähr so aus:

14.07 Uhr: Unser Reisebus kriecht die kurvige Gebirgsstraße hinab. Die Straße ist so eng, auf ihr finden kaum zwei Autos nebeneinander Platz. Die Sonne brennt auf uns herab, trockener Staub trübt die Luft und schwüle Hitze flirrt. Meinen Freunden und mir brennen zweitausend Höhenmeter Wandern in den Muskeln. Wir, das sind die Sport-Cracks der PRINS, der Private International School.

In diesem Augenblick zerreißt ein schrilles Hupen die Ruhe der Berge.

14.09 Uhr. Der blaue VW Passat klebt für Sekunden an unserer Heckstoßstange. Noch ein drängelndes Hupen. Und dann ... Ich traue meinen Augen nicht! Der Lenker ignoriert die schmale Rechtskurve vor uns.

Der Passat schert auf die Überholspur aus, beschleunigt und prescht schlenkernd an uns vorbei.

Im Bus befinden sich 54 Schüler und fünf Lehrer.
14.10 Uhr. John Miles, unser Fahrer, sieht den Skoda zuerst. »Gegenverkehr!«, kann er gerade noch brüllen.
Dann geschieht alles auf einmal.
Reifen blockieren, das Heck schleudert nach links, dann nach rechts. Draußen wirbelt Staub auf, eine Sandwolke vernebelt die Sicht. Ein schlagartiger Ruck schmettert einige von uns aus den Sitzen. John ist voll auf die Bremse getreten.
Ein ohrenbetäubender Knall, laut wie eine Explosion, fegt durch den Bus. Der Passat und der Skoda - Frontalzusammenstoß. Es verschlägt mir kurz die Ohren. Ringsum splittern Scheiben, Schüler kreischen ängstlich durcheinander.
Ein weiterer Donnerschlag katapultiert unseren Bus gegen die steil aufragende Felswand rechts von uns. Der Aufprall wirft uns herum wie leblose Puppen.
»Neiiin!«, schreit Rona Curtis.
Im selben Moment ist mir klar warum. Wir schlittern auf den Felsabgrund der anderen Straßenseite zu.
Wieder ein heftiger Ruck.
Der hintere Busteil sackt ab, das Blech der Bodenplatte knirscht unter unseren Füßen. Jetzt kippt

der Bus nach links weg, die Hinterreifen greifen nicht mehr. Ich ziehe mich an einem Sitzgriff auf die Beine und blicke aus dem Seitenfenster.

Nein ... Nein!

Das Heck unseres Busses ragt zwei Meter über den Fahrbahnrand hinaus und schwebt frei über der hundert Meter tiefen Bergschlucht.

»Alle nach vor und raus!« John versucht besonnen zu wirken, während er seine Anordnungen brüllt. Es gelingt ihm nicht.

Gerade auf den Beinen, trübt erneut eine stickige Wolke meine Sicht. Diesmal ist es kein aufgewirbelter Sand. Ich rieche Öl und Dieselgestank.

»Feuer!«, ruft jemand.

Wer es ist, kann ich nicht mehr feststellen. Dicker Rauch qualmt aus dem Motorraum im Heck. Er frisst sich durch die Bodenplatte und vernebelt die Buskabine. Überall ist trockenes Husten zu hören.

Panik bricht aus.

Schreie, Trampeln, Drängen ...

Ich schleppe Dexter (Dex) Davis aus der 5a mit mir zum vorderen Ausstieg. Dex ist mir ein richtiger Freund geworden. Er ist der beste Eishockey-Stürmer, mit dem ich je in der Nachwuchsmannschaft der *Black Panthers* gespielt habe. Dex kann unglaublich komisch sein, er liebt es, Witze zu erzählen.

Jetzt ist seine Jeans unterhalb des aufgeschürften Knies blutrot durchtränkt. Der Rauch sticht in unseren Lungen. Wir husten, schnappen nach Luft, spüren beide, dass der Bus über dem Abgrund schwankt.

Ich zerre Dex aus dem Bus, werfe seinen Arm um meinen Nacken und humple mit ihm über die Straße. »Ich hab dich da rausgeholt, Dex!«, krächze ich mit trockener Stimme. »Jetzt halte durch, hast du gehört?«

Der Bus hängt gefährlich über dem Abhang. Ein paar Meter entfernt, lehne ich Dex rücklings gegen einen Kalksteinbrocken. In der gleichen Sekunde durchzuckt uns das Kratzen von Blech, ein Donner grollt, obwohl die Sonne vom Himmel brennt. Augenblicke später wissen wir, was passiert.

»Duckt euch in Felsnischen!«, kreischt Sarah (Skipper) Santon aus der 4b.

Und dann hagelt es Felsbrocken. Ein tosender Steinschlag fegt über uns hinweg, und mit ihm hüllt uns eine Staubwolke ein, so dicht wie ein Sandsturm in der Sahara. Ich habe das Gefühl, als schlüge mir jemand mit dem Hammer gegen die Brust, und dann ist alles aus.

– 2 –

Ich war tot, drüben auf der anderen Seite des hellen Tunnels. Wie lange, das weiß ich nicht. Dex erzählte mir Wochen später, mein Herz habe aufgehört zu schlagen. Ich erinnere mich, dass ich schwebte, leicht wie eine Feder im Wind. Ich glitt sanft dem Licht vor mir entgegen. Auch den Schmerz und die ängstlichen Schreie meiner Freunde werde ich nie vergessen. Schließlich öffne ich die Augen. Ich sehe Skipper. Ihr Gesicht ist direkt vor mir. Ihre Hände drücken auf meine Brust. Skipper und Dex lachen, als ich sie verwundert anstarre, gleichzeitig laufen ihnen Tränen über die Wangen. »Luke, oh Mann, willkommen daheim!«, freut sich Dex.

Eine dichte Wolke aus sandigem Staub und grauem Qualm wabert über uns hinweg. Dex hockt neben uns, sein blutendes Knie mit einem abgerissenen Hemdsärmel verbunden. Hinter Skipper rutscht der Bus ein Stück weiter auf den Abgrund zu. Rauch quillt aus den kaputten Fenstern. Gleich wird er abstürzen.

Einige meiner Schulkameraden sind noch da drin. Meine Freunde. Jungs und Mädchen, die wir uns gegenseitig geholfen haben, den Gipfel zu erklimmen. Sie zerren verbissen an der klemmenden Einstiegstür. Sie sind im Bus gefangen.

»Verdammt, nein«, krächze ich. »Wir müssen sie da rausholen.«

Dex zieht mich in die Felsnische zurück. »Ich mach das«, hustet er. »Du bist noch nicht stabil genug.« Doch ich stoße ihm den Ellbogen auf sein verletztes Knie. Dex fällt nach hinten. So kann ich entwischen und zum Unfallbus rennen, der ein weiteres Stück über die Straßenkante hinausrutscht, als ein Felsbrocken in seine Seite prallt.

Im Bus hämmern die Eingesperrten gegen die verklemmte Bustür. Ich muss sie da irgendwie rauskriegen. Wieder rutscht der Autobus.

»Der Karren fliegt jeden Moment in die Tiefe!«, ruft Skipper. »Zurück, du verrückter Kerl!«

Ich erreiche den Einstieg. Die Hydraulik ist ausgefallen. Wild rüttle ich an der Tür.

»Luke, verdammt, geh in Deckung!«, schreit Dex. Die Felsbrocken!«

Mit dem ganzen Körpergewicht stemmen sich Skipper, Dex und ich gegen die sperrige Tür und ziehen daran.

Es zischt vor uns, Blech knirscht ...
Plötzlich bebt die Straße. Unter dem Bus lösen sich Felsen und fallen ins endlose Nichts. Der Bus türmt sich auf - wie die sinkende Titanic. Er kippt über die Klippe und stürzt rücklings in die Tiefe, wo ihn eine dichte Staubwolke verschlingt.

Wir haben alles gegeben, haben unser Leben riskiert, um unsere Freunde zu retten. Ich bin nicht tot, und meine Kameraden sind es auch nicht - keiner. Ich denke, das sagt viel über uns aus. Damals sind Skipper, Dex und ich zu wahren, unzertrennlichen Freunden geworden. Ich bin mir nicht sicher, ob wir leichtsinnig oder tapfer gehandelt haben. Aber eines weiß ich: Seit damals vertrauen wir drei uns blind. Und ohne dieses gegenseitige Vertrauen hätten wir nie getan, was drei Monate später unser Leben für immer verändern sollte.

Mach es dir in deiner Lesehöhle bequem und sieh selbst. Diese Geschichte ist erst der Anfang von uns als X-Team. Und sie ist verdammt gut.

Drei Wochen später
Museum des Schreckens

– 1 –

Drei Wochen sind seit dem schrecklichen Ausflug in die Alpen und dem dort passierten Unglück vergangen. Ich hatte meinen Großvater seit Tagen nicht mehr besucht, ständig musste ich Fragen der Polizei beantworten oder sensationslüsterne Reporter wollen Interviews. Dabei hatte ich jeden Grund, ihn im Seniorenheim zu besuchen. Sein müdes Herz bereitete ihm mehr und mehr Probleme. Trotzdem rief er mich an. Er sagte, er müsse mir etwas Wichtiges mitteilen. Es sei dringend und von verändernder Bedeutung für mein Leben.

Mein Großvater war ein zielstrebiger Mann, der nichts dem Zufall überließ. Wenn er mich, Dex und Skipper zu sich rief, dann gab es einen dringenden Grund dafür. Deswegen ließen wir ein Interview mit der *Tagespost* platzen und betraten jetzt das Siegmund-Freud-Altenheim.

Zehn Minuten später nahm er auf der anderen Seite des kleinen Balkontisches Platz. Geschwächt lächelte er uns an.

»Ihr macht ganz schön Schlagzeilen, Luke.«

»Das Sprechen strengt dich mittlerweile ziemlich an«, erwiderte ich.

»Das Alter, mein Junge.«

Mein Großvater griff das Thema dort auf, wo er bei meinem letzten Besuch stehen geblieben war - dass es keine mutigen Leute mehr gab, sondern nur noch verweichlichte Waschlappen.

»Die rennen davon, wenn jemand um Hilfe schreit. Warum? Weil ihnen ihre Väter keinen Mumm und keinen Schneid mehr beibringen.«

Ihm zuzuhören tat mir innerlich weh. Er sprach von den guten alten Zeiten.

Damals war er über die Grenzen hinaus als listiger, unbezwingbarer Privatdetektiv bekannt. Ich war all die Jahre stolz, den gleichen Namen wie er und Dad zu tragen.

Er lächelte. »Du bist wie ich, Luke. Ich werde dafür sorgen, dass du in meine Fußstapfen trittst. Und Dex und Skipper gleich mit. Ja, ihr habt Mut und Herz. Die Welt braucht junge Leute wie euch. Dringender denn je.«

Schließlich musste ich lächeln. »Du änderst dich nie.«

Kopfnickend grinste er zurück. »Warum auch, Luke?«

Er ging zum Schrank, öffnete ihn, griff um seinen ledernen Aktenkoffer hinein und kam zum Tisch zurück. Ein geheimnisvoller Schatten legte sich auf sein Gesicht, als er den Koffer auf den Tisch stellte und die Verschlüsse aufklicken ließ. Dex, Skipper und ich sahen ihm stumm dabei zu.

»Langweile ich euch?«, fragte er.

»Quatsch, nein«, sagte Skipper.

»Wir sind nur gespannt«, meinte Dex.

Wieder lachte mein Großvater. »Luke, ich will euch mal eine ernsthafte Frage stellen. Habt ihr euch schon mal überlegt, womit ihr später euer Geld verdienen wollt?«

»Wir studieren etwas. Das machen die meisten heute. Dann arbeiten wir in irgendeinem Unternehmen.«

»Ihr verschwendet eure Zeit, Luke. Ich habe einen besseren Rat für euch.« Er vergewisserte sich, dass wir zuhörten, bevor er weitersprach. »Ich möchte, dass ihr ein X-Team bildet, für die Ermittlungsagentur Lobec arbeitet und dass du, Luke, die Ermittlungsagentur nach mir und deinem Vater einmal übernimmst.«

Keine Frage, er war zu dem Teil gekommen, der mein Leben ändern sollte.

»Was ist ein X-Team?«

»So nennen wir Teams, die undercover, also verdeckt ermitteln.«

»Ich bin zwölf, Skipper auch und Dex dreizehn.«

»Genau deswegen, Luke. Wer käme jemals auf die Idee, von jungen Leuten ausspioniert zu werden? Ein genialer Schachzug. Ich werde mit deinem Vater sprechen. Ihr werdet so etwas wie die Geheimwaffe von LPE.«

Für Sekunden herrschte nachdenkliche Stille. Aber Großvater hatte längst die Entscheidung für uns getroffen.

»Ich werde euch nun etwas geben«, sprach Großvater weiter, als hätten wir zugestimmt. »Es ist in mehrere Kapitel gegliedert und enthält alles, was ein guter Ermittler können und wissen muss. Insgesamt über dreihundert Insider-Tricks und geheime Tipps in Bereichen wie Selbstverteidigung, Fallen stellen und Survival-Techniken. Jetzt gehört das von mir verfasste *Geheimbuch für Detektive, Agenten und Spione* dir, Luke. Es wird euch helfen, euren Gegnern überlegen zu sein.«

Ich hob die Augenbrauen. Die Ermittlungsagentur Lobec übernahm seit Jahren Aufträge von Kinostars, Privatkunden, reichen Geschäftsleuten, ja selbst berühmte Sportler, Sänger und Künstler haben um die Hilfe der Agentur gebeten.

»Ihr traut euch das jetzt noch nicht wirklich zu«, bemerkte er. Keine Sorge, ich tu das Richtige. Unsere Welt braucht dringend Menschen, die sich für Ordnung, Anstand und Gerechtigkeit einsetzen. Dies hier ist eine verdammt gute Gelegenheit für euch. Ich möchte, dass Lobec weiterlebt. Ihr seid schlaue und außerdem wirklich beherzte junge Leute. Lernt unseren Beruf. Mach Lobec später zur besten Ermittlungsagentur, die es gibt, Luke. Du hast das Talent und die Leidenschaft. Tu es.«

Großvater zog ein in Leder gebundenes Buch aus dem Aktenkoffer und überreichte es mir feierlich. Ich las den Titel ›Geheimbuch für Detektive, Agenten und Spione‹.

Dann umklammerte Großvater meine Hand und sah mich mit einer Freude und Fürsorglichkeit an, die ich zum letzten Mal in seinen Augen gesehen hatte, als er noch mit Großmutter in seinem Haus wohnte, ehe sie vor einem Jahr starb. »Vollbringe Gutes, Luke.«

Zwei Tage nach meinem Besuch im Siegmund-Freud-Seniorenheim schlug sich eine Entzündung auf die Lunge meines Großvaters John Lobec. Drei Tage später klingelte unser Telefon. Meine Mutter hob ab, lauschte, legte kurz darauf kreidebleich im Gesicht wieder auf und weinte bitterlich.

– 2 –

Ich bemerkte den Mann mit der verspiegelten Brille nur, weil ich nicht mehr länger auf den Sarg starren konnte.
Großvater war tot.
Jetzt, als der Pfarrer diese schmerzlichen Worte sprach - ›Erde zu Erde, Asche zu Asche, Staub zu Staub‹ - und ich in das Grab blickte, traf mich die Wahrheit erneut wie ein Faustschlag.
Ich konnte das einfach nicht glauben. Es tat so furchtbar weh, dass ich nicht hinsehen konnte. Ich hob den Kopf und wischte mir die Tränen aus den Augen, da spürte ich die Hand meines Vaters auf meiner Schulter. Ich sah ihn an. Auch er hatte Tränen in den Augen. Ich drückte seine Hand, dann sah ich zu Mam. Ihr ging es nicht besser als uns.
Der Pfarrer sprach jetzt das Vaterunser, einige Trauernde murmelten öde mit. Ich sah mit leerem Blick an ihm vorbei und in diesem Moment entdeckte ich den Mann mit der Spiegelbrille.
Zuerst war mir nicht bewusst, dass ich ihn anblickte. Mein Kopf war leer, meine Gedanken

irgendwo in weiter Ferne. Ich starrte blind vor mich hin, ohne meine Umgebung wirklich wahrzunehmen. Erst als ein paar Sonnenstrahlen kurz durch die Wolken brachen und seine Brillengläser kurz aufblitzten, betrachtete ich den Mann genauer. Er strich sich gerade sie Seidenkrawatte glatt, die perfekt wie das Stecktuch zu seinem dunkelblauen Anzug passte. Der Kerl war hohlwangig mit markanten Gesichtszügen und eher klein - irgendwie erinnerte er mich an eines dieser Zerrbilder im Spiegelkabinett. Er trug goldene Manschettenknöpfe und auf Hochglanz polierte braune Lederschuhe. Ein schwarzer Ziegenbart bedeckte sein kantiges Kinn, auch sein Glatzkopf spiegelte kurz in der Sonne. Er stand neben ein paar Freunden meiner Eltern. Ich wusste, dass er nicht zu ihnen gehörte. Sie waren alle ungefähr so alt wie meine Mam und mein Dad - Ende dreißig -, er hingegen war mindestens sechzig, vielleicht sogar knapp darüber. Und während ich alle Freunde und Berufskollegen von Mam und Dad kannte, hatte ich diesen Mann nie zuvor gesehen. Das war nicht das Einzige, was ihn auffällig machte. Er wirkte in seinem makellosen Auftreten hier ganz einfach fehl am Platz ...

Die Trauerfeier war jetzt vorbei, die Gebete waren gesprochen, der Friedhof wieder menschenleer.

Ein leichter Herbstregen hatte eingesetzt. Die Leute waren am Weg zurück zu ihren Autos.

Mam nahm meine Hand und drückte sie sanft.

»Willst du noch eine Weile hier bleiben, Luke?«, fragte sie sanft.

Ich konnte nichts entscheiden. Mein Kopf war leer. Ich schaute umher, suchte nach dem Mann mit der Spiegelbrille doch es war nichts mehr von ihm zu sehen.

Ich schloss die Augen und stellte mir die Inschrift am Grabstein vor:

Jason Lobec
Unser geliebter Vater,
Schwieger- und Grossvater
Ruhe in Frieden

Damit gab es für mich nichts mehr zu sagen.

Ich sah den Mann mit der silbrig glänzenden Sonnenbrille erst wieder, als wir über den Parkplatz der Kirche zu unserem Auto gingen. Er stand neben einem weißen BMW und blickte auf die Uhr. Als wir unseren Wagen erreichten, steckte er gerade sein Handy in die Manteltasche. Dad suchte in den Taschen nach seinem Schlüssel, da erstarrte ich einen Moment.

»Was ist los, Luke?«, hörte ich Dad fragen.

»Ich ... ich weiß nicht?«

Dad schaute zu dem BMW hinüber. Der Unbekannte kam mit entschlossenen Schritten auf uns zu. Als er uns erreichte, griff er in sein Jackett, zog eine Karte heraus und legte sie auf das Dach unseres Toyota.

»Riesenrad. Heute, 16 Uhr. Es ist wichtig.«

Mehr sagte er nicht. Kein Gruß, kein Danke, nichts.

»Hey! Warten Sie!«, rief Dad ihm hinterher.

Doch es gab nichts mehr zu sehen. Der Mann war schon wieder bei seinem BMW, stieg ein und schloss die Tür. Sein Gesicht war nur noch undeutlich hinter den Scheiben zu sehen. Als er losfuhr, blickte er hinter seiner kalten Spiegelbrille zu mir und ich glaubte zu erkennen, wie er mir kurz zunickte.

»Simon Potter?«, murmelte Dad mit Blick auf die Visitenkarte. Er starrte noch einen Augenblick auf den BMW, dann drehte er sich zu mir um.

»Ihr wollt doch nicht etwa dort hin?«, sagte Mam.

– 3 –

Die Menschen vertrauen uns ihre Geheimnisse an. Warum, weiß ich nicht genau. Es muss an den vielen aufgeklärten Fällen liegen, vielleicht an meinen Eltern Jake und Jane Lobec, die jeden Kunden und Auftrag streng vertraulich behandeln.

Großvater hatte Lobec Privatermittlungen 1991 als Einmanndetektei gegründet. Erfolgreich, wie er war, wuchs das Unternehmen schnell. Privatdetektive, Agenten und Spezialisten schlossen sich ihm an, um bei LPE besseres Geld zu verdienen als in ihren Beamtenjobs. Mam war drei Jahre später, gleich nach der Uni, mit eingestiegen und hatte für ihn gearbeitet. Dad gab seinen Job als Spezialagent bei Interpol auf und stieg ebenfalls in die Detektei ein. Vor etwa elf Jahren hatte sich Großvater aus dem Geschäft zurückgezogen und seither betrieben es meine Eltern allein. Manche ihrer Aufträge waren eher unspektakulär - Einbrüche aufklären, Versicherungsbetrüger überführen, Zeugen ausfindig machen. Da ist aber auch diese andere Seite des Geschäftes, die wesentlich risikoreichere: LPE arbeitet auch den Behörden zu, ermittelt im Namen von Bundespolizei und Geheimdiensten, übernimmt den Personenschutz für Filmstars, Sportler und Politiker, übernimmt Undercoveraufträge für Staatsanwälte - eben die ›großen‹ Fische.

Aber alles war irgendwie merkwürdig nach der Beerdigung. Unsere Welt schien leer und dumpf, jedes Ziel fehlte, da war einfach keine Richtung mehr.

Mich quälte noch immer der Schmerz und seit heute Vormittag ging mir (Dex und Skipper ebenso) Simon Potter, der merkwürdige Mann mit der Spiegelbrille, nicht mehr aus dem Kopf. Was wollte er? Warum hatte er heimlich an der Beerdigung meines Großvaters teilgenommen und uns seine Karte auf so mysteriöse Weise übergeben? Normalerweise hätte ich Dad gleich gefragt, wahrscheinlich hätte er auch eine Antwort parat gehabt, aber unter diesen Umständen wollte ich nicht nerven.

Dad ist ein sehr erfahrener und kluger Mann. Bis zum Einstieg bei Lobec & Co hatte er drei Jahre bei Interpol und sieben Jahre beim militärischen Geheimdienst gearbeitet. Er weiß über jedes Detail bestens Bescheid, was mit Ermittlungsarbeit zu tun hat. Er hatte beim Militär furchtbare Dinge gesehen und ist auch selbst das eine oder andere Mal in gefährliche Situationen geraten. Als er in Syrien ermittelt hat, wäre er fast durch eine Autobombe ums Leben gekommen. Danach lag er drei Monate im Krankenhaus und bis heute hat er noch einen Bombensplitter in der linken Schulter. Aber Dad ist hart im Nehmen, er jammert nicht, beißt lieber die Zähne zusammen, wenn der Splitter mal schmerzt.

Gerade als ich über solche Dinge nachdachte und wir Richtung Prater gingen, hörte ich ein gedämpftes *Klonk* am Parkplatz hinter uns. Ich horchte, blickte verstohlen über die Schulter zurück. Er war es, kein Zweifel. Und er kam hinter uns her.

An diesem Freitag, um 16 Uhr, ergriff Simon Potter die Chance und bat um unsere Dienste. Er folgte uns und strich sich die Seidenkrawatte glatt. Simon Potter war ein anerkannter Museumsdirektor, zugleich lustig und schlau, wie er als Professor für Kunstgeschichte und Archäologie immer wieder bewies. Er beschleunigte seine Schritte. Kurz vor dem Riesenrad holte er uns ein.

»Da rein«, murmelte er.

Wir stiegen mit Simon Potter in eine Gondel des Wiener Riesenrades.

»Das ist meine Art, um sicherzugehen, nicht abgehört zu werden«, sagte Potter, nachdem er die Schiebetür geschlossen hatte und wir alleine waren.

»Was soll dieses Spiel?«, fragte Dad.

»Es handelt sich um eine zusätzliche Sicherheitsmaßnahme, nichts weiter«, versicherte Professor Potter. »Völlig ungefährlich. Glauben Sie mir. Ich schlafe einfach besser, wenn ich mich nicht nur auf die Technik verlasse.«

»Wovon reden Sie?«

»Die ›Schätze der Menschheit‹.«

Das Riesenrad setzte sich in Gang und hob uns langsam hoch in den Himmel über der Stadt.

»Schätze der Menschheit?«, fragte Skipper nach.

»Eine Sonderausstellung«, antwortete Potter. »Gemälde im Wert von vielen Millionen - sehr vielen Millionen.«

»Millionenschwere Bilder haben Sie doch ohnehin in Ihrem Museum hängen. Das ganze Jahr über«, sagte ich.

»Stimmt. Aber ich rede hier von der wertvollsten Ausstellung, die es bisher je gab.«

Dex zog eine Augenbraue hoch, als er das hörte.

»Die Ausstellung ist weltweit einzigartig«, erklärte Simon Potter. »Sie zeigt die wichtigsten Kunstwerke der einzelnen Stilepochen unserer

Malerei. Von den Anfängen bis heute. Noch nie hat es eine Ansammlung der wertvollsten Gemälde an einem Ort gegeben. Versteht ihr jetzt, wovon ich rede?«

Wir nickten stumm.

»Ich selbst kann mit zwei Kollegen für die Sicherheit der wertvollen Kunstgegenstände sorgen«, erwiderte mein Vater. »Warum Luke, Dex und Skipper?«

Das Riesenrad hob uns immer höher über die Dächer Wiens. In der Ferne ragten die gewaltigen Kuppeln des Kunsthistorischen Museums und des Naturhistorischen Museums in den Himmel.

»Niemand hält junge Leute für Sicherheitspersonal«, sagte Simon Potter. »Ihr könnt euch vollkommen unverdächtig unter die Besucher mischen, Augen und Ohren offen halten. Ein paar Ansprachen von Sponsoren und Politikern, eine Führung durch die Ausstellung, anschließend noch ein kaltes Buffet - und schon war es das.«

Dad dachte nach.

»Wir werden die berühmtesten Gemälde der Welt zu sehen bekommen, Dad. An einem einzigen Ort vereint. Diese Gelegenheit bietet sich vielleicht nie wieder«, sagte ich. »Die Eröffnung der Ausstellung dauert doch nur eine Stunde.«

»Ich will kein unnötiges Risiko ...« Dad's Telefon klingelte genau im richtigen Moment. »Ja?«

Die Anruferin war meine Mutter. Ich konnte leise mithören, was sie sagte. »Jake, du musst sofort ins Büro kommen.«

»Jane, das passt jetzt grad überhaupt nicht. Glaub mir.«

»Es geht um die X12-Akte. Wir haben was gefunden.«

Bei Lobec erhielten alle Fälle eine X-Nummer, um Auftraggeber und dessen Anliegen nicht aussprechen zu müssen. Diskretion war eines unserer Markenzeichen. Man wusste nie, wer im Zeitalter der Lauschangriffe versteckt mithörte. Die X12-Akte ließ Dad nicht kalt, das war mir klar. Dahinter verbarg sich eine Lösegeldforderung in enormer Höhe.

»Also gut, meinetwegen«, stimmte Dad Simon Potter zu. »Aber wenn euch was Verdächtiges auffällt, ruft ihr mich sofort an, verstanden!«

»Verstanden, Dad.«

Dex und Skipper gaben sich ein High-Five.

Und niemand dachte daran, nicht mal für eine Sekunde, dass ein Auftrag schrecklich schief laufen konnte.

– 4 –

»Die Ausstellung *Schätze der Menschheit* zeigt wie gesagt die berühmtesten und somit vermutlich teuersten Gemälde der Welt«, überlegte Skipper. »Die sind zusammen bestimmt über 800 Millionen Dollar wert?«

»Richtig«, sagte Simon Potter. »Wir stellen unter anderem die ›Mona Lisa‹ von Leonardo da Vinci aus, ebenso wie Albrecht Dürers ›Feldhase‹. Die beiden sind alleine über 100 Millionen Dollar wert, schätze ich.«

»Aber schwer zu rauben«, sagte Dex. »Gemälde sind unhandlich.«

Simon Potter nickte, als wir aus dem Riesenrad stiegen. »Kunstdiebe sind aber erfinderische Leute«, meinte er. »Und erheblich anders sieht das beim *Codex Manesse* aus, einem äußerst kunstvoll illustrierten und wertvollen Buch aus dem Mittelalter. Diese Liederhandschrift entstand zwischen 1300 und 1340 in Zürich und ist die umfangreichste Sammlung mittelhochdeutscher Lied- und Spruchdichtung. Der Codex besteht aus 426 beidseitig beschriebenen und kunstvoll bemalten Pergamentblättern im Format 35,5 mal 25 Zentimeter und beinhaltet 140 Dichtersammlungen in fast 6000 Strophen. So ein Buch verschwindet leicht in einem Aktenkoffer.«

»Verstehe«, nickte ich.

»Wir sehen uns später in der Detektei«, sagte Dad. Er verabschiedete sich von uns, stieg in seinen dunkelgrünen Jaguar und brauste davon.

»Heute hat er's aber sehr eilig«, murmelte Skipper.«

»Die X12-Akte«, antwortete ich nur.

Simon Potter gab mir seine Karte. »Wir treffen uns heute Abend um 21:00 Uhr vor dem Kunsthistorischen Museum. Ich muss noch ein paar letzte Vorbereitungen für die Eröffnung morgen treffen. Bei dieser Gelegenheit könnt ihr euch die Ausstellungsstücke in Ruhe ansehen. Dann zeige ich euch auch gleich die Räumlichkeiten des Museums, damit ihr euch morgen besser auf die Besucher konzentrieren könnt. Ich gebe euch eine Privatführung. Als Dank, weil ihr meinen Vorschlag angenommen habt. Was haltet ihr davon?«

»Gute Idee«, sagte Dex.

Skipper und ich pflichteten ihm bei.

»Also dann bis 21:00 Uhr. Und seid pünktlich.

Neue Burg, Heldenplatz.« Simon Potter stieg in seinen Wagen und raste ebenfalls davon.

»Dein Großvater wäre stolz auf uns«, sagte Dex. Er blickte mich dabei aus seinen wachen blauen Augen an. Sein blondes Haar war kurz geschnitten, bis auf zwei dicke Strähnen, die ihm über die Stirn fielen. Dex war unglaublich gelenkig und wieselflink - der ideale Stürmertyp für die Jugendmannschaft der Black Panthers.

»Ja«, sagte ich. »Er würde sich riesig freuen. Der erste Auftrag für das X-Team.«

»Und gleich ein riesen Fisch«, meinte Skipper. Skipper war ein aufgewecktes junges Mädchen, ein As in Mathe und von den Pfadfindern ziemlich gut ausgebildet, wenn es darum ging, sich alleine draußen in der wilden Natur durchzuschlagen. Jeans, Converse-Turnschuhe und ein T-Shirt von den Boston Red Sox - das ist Skipper, seit sie im Urlaub ein Baseballspiel der Sox live gesehen hat. Und natürlich ihre Sommersprossen auf der Nase und ihre rötlichen langen Haare.

»Wenn Großvater das noch erleben könnte«, sagte ich, als wir auf unsere Fahrräder stiegen und losfuhren.

»Weißt du was, Luke«, begann Dex, »Skipper und ich haben uns schon oft gefragt, ob deine

Leute dich nicht systematisch auf so etwas vorbereitet haben.«

»Wie meinst du das?«

»Wir denken, sie haben dich darauf vorbereitet, ihr Nachfolger zu werden. Seit wir dich kennen, wurdest du offenbar ständig für verdeckte Ermittlungen trainiert ... natürlich so versteckt wie möglich. Du hast zeitweise im Ausland gelebt, in Städten, wo Lobec Ermittlungsagenturen betreibt. Du sprichst Englisch und Spanisch, jedenfalls etwas. Du kannst klettern, tauchen, Ski fahren ...«

»Ich bin auch überzeugt, wie dein Großvater erwähnte, will auch dein Vater, dass du verdeckter Ermittler wirst«, sagte Skipper.

»Mag sein, ihr habt recht.« Ich musste an das Buch denken, dass Großvater mir kurz vor seinem Tod vermacht hatte.

»Dann bis heute Abend«, sagte Skipper, als sie rechts abbog nach Hause.

Wir wohnen alle drei im selben Randgebiet der Stadt. Im Grünen und doch nicht am Land. Mit dem Rad liegen die Häuser unserer Eltern keine drei Minuten auseinander. Ideal für Freunde, die so gut wie ihre gesamte Freizeit miteinander verbringen.

»Bis später!«, rief Dex und trat in die Pedale.

Zu Hause angekommen musste ich an die wertvollen Gemälde der Ausstellung denken, die wir bewachen sollten. Hunderte Millionen an Wert, einzigartig in der Welt. Was für eine enorme Verantwortung. Und ich musste an Großvaters Worte denken, der immer gesagt hat: »Den ersten Auftrag, Luke, den vergisst man sein Leben lang nie mehr ...« Und noch etwas musste ich unwillkürlich denken: Großvater hatte immer recht behalten.

– 5 –

Kurz vor neun Uhr am Abend trafen wir beim KHM, wie das Kunsthistorische Museum kurz genannt wurde, ein. Auch Simon Potter fuhr pünktlich vor. Gut gelaunt stieg er aus seinem BMW und begrüßte uns.

»Ich muss nur noch schnell in mein Büro«, sagte Potter. »Hab mein iPhone dort vergessen und den Ausdruck meiner Eröffnungsrede für die Ausstellung. Kommt gleich mit, ich werde euch mit dem Museum vertraut machen. Es ist ein sehr weitläufiges und verwinkeltes Gebäude.«

»Wir werden tatsächlich die ersten Besucher sein, die die berühmtesten Gemälde der Menschheit zu sehen bekommen«, bemerkte Dex nebenbei, als wir auf das KHM zugingen.

»Normalerweise dürfte niemand die Ausstellung vor der offiziellen Eröffnung betreten«, sagte Simon Potter. »Was soll's, ich bin der Direktor.«

Das KHM war ein gigantischer zweistöckiger Bau aus Sandstein. Viele kunstvoll gestaltete Figuren schmücken die hohen äußeren Wände. Innen beeindruckt das Museum seine Besucher mit einer riesigen Eingangshalle, einem himmelhohen Kuppelbau und einem pompösen doppelflügeligen Stiegenhaus. Goldverzierte Marmorsäulen stützen die bunt bemalten Deckengewölbe. In den vielen Sälen, Gängen und Räumen konnte man sich schnell verirren. Das schlossähnliche Gebäude war das reinste Labyrinth.

Skipper, Dex und ich folgten Professor Potter zu einem kleinen Hintereingang. Er öffnete die Tür mit einem Sicherheitsschlüssel, der nicht mehr als eine Plastikkarte war. Sie erinnerte mich an Dad's Mastercard.

Als wir durch die massive Holztür gingen, war es, als würden wir eine andere Welt betreten. Kühle Temperaturen strichen über unsere Gesichter, der Lärm der Stadt verstummte augenblicklich und der süßliche Geruch von uralten Sachen lag in der Luft.

Direkt hinter uns schloss Simon Potter die Tür wieder ab.

»Wir haben ab jetzt genau zwanzig Sekunden«, sagte der Professor. Eilig verstaute er den ID-Schlüssel in seiner Geldtasche.

»Was passiert dann?«, fragte ich.

»Dann löst der Sicherheitsalarm aus«, sagte Potter. »Glaubt mir, das wollt ihr nicht erleben. Dann bricht hier drinnen in Sekundenschnelle die Hölle los. Sirenen, Scheinwerfer, Sicherheitsschlösser ...« Er zog den Magnetstreifen eines zweiten Kartenschlüssels durch das Lesegerät einer buchgroßen Glasscheibe, die in eine Wand des kahlen Stiegenhauses eingelassen war. Die Scheibe glitt zur Seite und gab ein Tastenfeld frei.

»Dieser Geheimcode ist die einzige Zahlen- und Buchstabenkombination, die ich auswendig im Kopf habe«, lachte er amüsiert über sich selbst, während er tippte.

»Wen wundert's«, meinte Skipper. »Für jeden Mist braucht es heutzutage schon ein Passwort.«

Ein kurzer Pfeifton erklang, dann wechselte das Rot eines Kontrolllichts auf Grün.

»Jetzt ist der Alarm außer Betrieb«, bestätigte Simon Potter.

Wir folgten ihm durch ein paar Gänge und um mehrere Ecken, dann standen wir plötzlich in der grandiosen Eingangshalle. Die Nachtbeleuchtung spendete nur spärliches Licht, aber das reichte, um zu erkennen, dass uns endlos hohe Marmorsäulen umzingelten und sich mächtige Deckengewölbe über uns spannten.

»Seht euch das an«, sagte Skipper. Sie zeigte auf dunkle Umrisse, die sich wie matte Schatten im fahlen Mondlicht abzeichneten. »Gespenstisch, wie die da oben auf halber Treppe stehen und auf uns herabstarren ...«

»Die Theseus-Gruppe«, sagte Dex. »Theseus ist einer der berühmtesten Helden der griechischen Sagenwelt.«

Skipper und ich verdrehten nur die Augen. Kein Zweifel, Dex, die absolute Leseratte, wusste eine ganze Menge. Aber musste er das immer wieder so raushängen lassen?

»Theseus ...«

»Danke, Dex!«, unterbrach Skipper ihn mit Nachdruck.

Dex brummte irgendetwas wie ›Kulturbanausen‹.

Simon Potter sah das offenbar anders. »Kompliment!«, würdigte er anerkennend. »Ein junger Mann, der sich für Kunst und Kultur interessiert. Selten heute. Aus dir wird mal was, Junge. Wissen im Kopf kann dir niemand wegnehmen. Und jetzt kommt, ›Schätze der Menschheit‹ befindet sich in der ersten Etage. Mein Büro im zweiten Stock.«

Professor Potter nahm die Treppe in die obere Etage. Wir folgten ihm. Unser Weg führte vorbei an brüllenden Steinlöwen und Richtung Theseus, der gerade mit einer Keule ausholte, um Minotaurus zu erschlagen, ein Fabelwesen halb Pferd, halb

Mensch. Ich gebe zu, mich beschlich ein ungutes Gefühl, als ich zum großen Theseus hinaufblickte und die erhobene Steinkeule über mir schweben spürte.

»Greift in den Ausstellungssälen auf keinen Fall etwas an«, betonte Simon Potter ernst. »Die deaktivierte Alarmanlage sichert nur die Ein- und Ausgänge. Die Exponate sind zusätzlich gesichert.«

»He, Leute, ich nehm den Aufzug«, sagte Dex, als wir an einem der beiden Lifte vorbei kamen. »Hab gestern vier Stunden am Eis trainiert. Das reicht, um Power in die Beine zu bringen.«

»Wollt ihr alle in die Liftkabine?«, fragte Professor Potter.

Skipper und ich schüttelten die Köpfe. »Ein paar ägyptische Mumien würde ich schon gern sehen«, gab ich zu.

»Also die Stiegen«, sagte Skipper. »Wir sehen uns oben.«

»Yep! Bis gleich.« Dex stieg in den Aufzug und die Lifttür schloss mit einem Zischen.

Ich sah auf meine Uhr. 21:07 Uhr.

Simon Potter, Skipper und ich stiegen die ersten Stufen hoch und erreichten Theseus.

»Schaut euch sein Gesicht, seinen Ausdruck ...«

Weiter kam Professor Potter nicht.

Mitten in seiner Erklärung erlosch plötzlich die Nachtbeleuchtung. Von einer Sekunde auf die andere umgab uns dunkle Nacht.

… 6 …

»Was ist denn jetzt los?«, fragte ich in die Finsternis hinein. Keine Antwort.

»Sieht nach Stromausfall aus«, meinte Skipper neben mir. »Hat das was mit dem Abschalten der Alarmanlage zu tun?«

Stille.

»Professor Potter?«

»Pssst!«

Mehr als dieses nervöse Zischen kam nicht von ihm.

»Was soll das?«, fragte ich leise.

»Wir sind nicht allein«, flüsterte Simon Potter. »Pssst! Jemand ist hier!«

»Der Strom ist weg, nichts weiter«, sagte Skipper leise.

»Nicht in diesem Gebäude«, versicherte Professor Potter kaum hörbar. »Hier ist alles mehrfach abgesichert. Irgendwer ist im Museum.«

»Wie soll er denn -«

»Keine Ahnung. Ich muss in die technische Steuerzentrale und den Strom wieder aktivieren!«

»Die ›Schätze der Menschheit‹«, sagte ich alarmiert. »Jemand ist eingedrungen, um die wertvollen Gegenstände zu rauben!«

»Leise!«, zischte Skipper. »Willst du, dass wir entdeckt werden?«

»Ich schleiche mich ins Büro«, entschied Simon Potter. »Einer von euch muss nach oben zur Ausstellung und mögliche Einbrecher abschrecken.«

»Ich mach das«, flüsterte Skipper. »Ich täusche einen Wachdienst vor. Hilf du dem Professor in der Steuerzentrale, Luke.«

»Okay.«

Unsere Augen hatten sich inzwischen an die Dunkelheit gewöhnt. Gleich zwei Stufen auf einmal nehmend, eilten wir die Treppe hoch. Das fahlblaue Mondlicht fiel durch die hohe Dachkuppel und die breiten Bogenfenster herein. Es genügte, um die nähere Umgebung schemenhaft ausmachen zu können. Mein Tempo war zu hoch für Professor Potter. Schon nach wenigen Stufen hörte ich ihn hinter mir keuchen.

Skipper hastete die Treppe noch schneller hoch als wir. Sie erreichte den zweiten Stock und lief nach rechts in den kleineren Ausstellungssaal. Eine Wandtafel, in der Dunkelheit kaum zu lesen, verwies auf die millionenteuren Exponate ›Schätze der Menschheit«. Skipper blieb stehen und schaute sich um.

»Verdammt!«, fluchte sie leise.

Außer einer Vitrine aus Panzerglas gab es hier im Saal kaum Ecken und Nischen, in denen sie sich hätte verstecken können. Falls tatsächlich Kriminelle in das Museum eingedrungen waren, dann war sie ihnen hier schutzlos ausgeliefert. Auch draußen im Bereich des Restaurants waren die Möglichkeiten, ungesehen zu bleiben beschränkt. Und dazu kam noch der Marmorboden, auf dem jeder Schritt knirschte und weitum zu hören war.

»Gut«, murmelte Skipper, »das Problem lösen wir gleich.« Sie zog Schuhe und Socken aus. Dann schlüpfte sie wieder in ihre Converse und stülpte die roten Sportsocken - ihre Red Sox - über die Turnschuhe.

Skipper lauschte aufmerksam und umkreiste langsam die Vitrine. Plötzlich nahm sie im Augenwinkel eine Gestalt wahr. Rechts von ihr. Sie blieb stehen, hielt den Atem an. Wer immer das war, er bewegte sich nicht, schien sie starr anzublicken. Nichts weiter. Dieser Jemand beobachtete sie stumm. Skipper wollte sich gerade einen Fluchtweg überlegen, da erinnerte sie sich an die Exponatsliste, die Professor Potter ihnen gezeigt hatte.

»Na klar!«

Sie ging langsam auf den Beobachter zu. Als sie vor ihm stand, lachte sie leise auf. Sie kannte die Frau aus dem Fernsehen. Sie hieß Mona Lisa. Jedoch starrte Mona sie von einer Leinwand herab an, lächelte mit vor der Brust verschränkten Armen und war gemalt - von Leonardo da Vinci. Doch das erkannte Skipper bei dem trüben Mondlicht erst aus nächster Nähe.

Sie ging weiter, auf die Mitte des Saales zu. Dort, in einer runden, zylindrischen Glasvitrine, befand sich ein aufgeschlagenes Buch. Die Seiten zeigten bunte, kunstvoll verzierte Bilder des höfischen Lebens. Darunter war ein Messingschild mit einer Aufschrift angebracht: Gotische Buchmalerei von Konrad von Altstetten.

»Mann oh Mann«, murmelte Skipper, als sie in den Glaszylinder starrte. Das Außenlicht der Nacht ließ das Exponat nur schwer erkennen. »Ein Griff in diese Vitrine und man ist reich!« Sie betrachtet den wertvollen Codex Manesse und überlegte, wie sie diesen schützen konnte. Luke und Professor Potter hatten die technische Sicherheitszentrale inzwischen bestimmt erreicht.

In diesem Augenblick zuckte Skipper zusammen und fuhr herum.

Hatte sie sich geirrt?
Nein.
Ein Geräusch drang zu ihr herauf.
Nicht allzu weit entfernt ...

− 7 −

»Beeilung, Professor!« Ich lief die Treppe immer schneller hoch. Simon Potter keuchte hinter mir her, presste sich dabei jedoch vor lauter Seitenstechen schon die Hand in die Magengegend.

Wir erreichten das zweite Stockwerk. Ein enger Korridor führte in den seitlichen Trakt des Gebäudes.

»Hier hat nur das Personal Zutritt«, ächzte Simon Potter, als wir kurz stehen blieben. Er hechelte nach Luft wie ein von Jagdhunden gehetzter Fuchs. Als er wieder etwas zu Atem gekommen war, riskierte er einen Blick um die Ecke. Ich sah, dass ihm Schweißperlen die Schläfe herunterrannen.

»Im technischen Kontrollraum können Sie sicher feststellen, warum der Strom ausgefallen ist«, sagte ich.

»Ja. Er befindet sich am hinteren Ende des Flurs.«

»Was, wenn tatsächlich jemand die Stromzufuhr unterbrochen hat?«, merkte ich an. »Müsste dieser Jemand das nicht auch vom Technikraum aus machen?«

Simon Potter nickte.

Ich lugte ebenfalls um die Ecke und lauschte in den dunklen Gang hinein. So sehr ich mich auch konzentrierte, ich nahm nichts wahr, außer unserem angestrengten Atem. »Die Luft ist rein«, sagte ich. »Da ist niemand. Kommen Sie!«

Ich schlich in den Korridor und mit dem Rücken zur Wand weiter vorwärts auf den Kontrollraum zu. Professor Potter folgte drei Schritte hinter mir. »Ist ein technischer Steuerraum nicht meistens im Keller eines Museums?«, fragte ich mehr nebenbei.

»Oft auch im Erdgeschoss«, antwortete Potter. »Ich habe zusätzlich einen einrichten lassen. Gibt höhere Sicherheit, wenn ich auch von hier oben eingreifen kann.«

Vor der Tür blieben wir stehen. Ich gab dem Professor ein Zeichen mit der Hand. Er nickte zustimmend, wich dabei aber unwillkürlich einen Schritt zurück.

Vorsichtig drückte ich die Klinke nach unten.

Nichts geschah.

»Zu«, sagte ich leise. »Abgeschlossen.«

Simon Potter atmete erleichtert auf. »Gott sei Dank.« Er kramte seinen ID-Schlüssel hervor und öffnete die Tür.

Die technische Zentrale sah aus wie ein Büro. Sie war nicht allzu groß. Ich konnte kaum erkennen, wie sie eingerichtet war. Zu spärlich fiel Licht durch das Fenster herein. Ich fand den Lichtschalter, drückte, doch es blieb dunkel. Nach Sekunden hatten sich meine Augen etwas an die Umgebung gewöhnt.

Ich erkannte einen Schreibtisch, mehrere Bildschirme, Tastaturen und eine Steuerkonsole mit Knöpfen, Schaltern und kleinen Drehrädern.

Simon Potter ging hinter das Kontrollpult und setzte sich in einen hohen Lederstuhl. »Seltsam«, murmelte er. Konzentriert betätigte er verschiedene Schalter, tippte Codes ein und versuchte so, die Anlage zum Laufen zu bringen. »Wie kann das sein? Im Normalfall sind die Überwachungskameras und Computersysteme rund um die Uhr aktiviert - sieben Tage die Woche.«

»Reagiert das System überhaupt?«, fragte ich und blickte auf die schwarzen Monitore.

Professor Potter schüttelt den Kopf. »Keine Reaktion. Tot. Kein einziges Watt Strom, nichts, überall.«

»Hat das Museum keine zweite Stromversorgung? Für Notfälle, meine ich.«

»Natürlich«, antwortete Simon Potter. »Die

Stromkreise funktionieren unabhängig voneinander. Fällt ein Versorgungskreis aus, aktiviert sich ein zweiter automatisch.«

»Scheint nicht der Fall zu sein.«

»Es gibt nur eine Erklärung dafür«, stellte Simon Potter klar, »Auch dieser Stromkreis wurde von jemandem gekappt.«

Er rieb sich nervös über das Kinn. »Das ... das ist völlig unmöglich!«

»Wir gehen besser auf Nummer sicher«, schlug ich vor. »Alarmieren wir die Polizei.«

»Keine Chance«, sagte der Professor.

»Ich hab mein Smartphone dabei«, erwiderte ich und zog das Handy aus meiner Jeanstasche.

»Ohne Strom ist die Hausleitung tot. Und das Gebäude ist gegen Handynetze abgeschirmt. Die mobilen Telefone würden die hochempfindliche Alarmtechnik stören. Es käme ständig zu Fehlalarm.«

Ich blickte auf mein Samsung. Tatsächlich: kein Fünkchen Empfang. »Wir sitzen hier drinnen also fest wie in einem mittelalterlichen Kerker. Komplett abgeschnitten von der Außenwelt. Bravo moderne Sicherheitstechnik!«

Simon Potter stöhnte und wischte sich mit einem Taschentuch den Schweiß von der Stirn.

»Dann gehen wir am besten ins Sicherheitsbüro«, schlug ich vor. »Vielleicht können wir die Stromversorgung von dort aus reparieren.«

»Gute Idee«, gab mir Simon Potter recht und stand auf. Er atmete einmal tief durch. »Das Büro der Security liegt im Erdgeschoss. Also wieder runter. Ist mir noch nie wirklich aufgefallen, dass unser Haus so viele Stufen hat. Den Lift können wir ja wohl vergessen.«

»Oh Gott! Der Aufzug!«, schoss es mir in den Sinn. »Ohne Strom ist er sicher stecken geblieben. Dex sitzt darin fest!«

»Kein Grund zur Panik«, beruhigte Simon Potter. »In heutige Kabinen dringt ständig Luft ein. Sobald wir wieder Strom haben, rufen wir bei Wertheim an. Ein Klacks für die Serviceleute der Liftfirma.«

So schnell es die karge Sicht zuließ, stiegen wir die Treppe hinab.

»Wir sollten vorsichtig sein«, flüsterte ich. »Ich will Einbrechern nicht ins offene Messer laufen.«

»Ach, hier ist niemand«, wehrte Simon Potter meinen Einwand ab. »Wer bricht schon um neun Uhr abends ein? Wenn, dann doch wohl eher nach Mitternacht.« Ich merkte das leichte Zittern in der Stimme des Professors. Ein Zittern, das seine Furcht klar erkennen ließ.

»Wieso fallen beide Stromnetze gleichzeitig aus, wenn die Energieversorgung so gut wie niemals versagt?«, gab ich zu bedenken. »Und das ausgerechnet wenige Stunden vor Eröffnung der wohl wertvollsten Sonderausstellung, die es bisher je gab?«

Simon Potter blieb plötzlich stehen und sah mich beklemmt an.

»Entschuldigung, ich dachte nur ...«

»Stimmt«, flüsterte der Professor kurz und lauschte in die gespenstisch dunklen Hallen hinaus. »Du hast ganz recht.«

Das Museum blieb stumm, während wir horchten.

Minuten später erreichten wir das Parterre, von dem aus sich riesige Säle verzweigten. Zur besseren Orientierung blickten wir uns nach allen Richtungen um.

In diesem Augenblick ...

Fast gleichzeitig stockte uns das Blut in den Adern.

»In Deckung!«, zischte ich Simon Potter zu. So leise ich konnte. Ich packte ihn am Ärmel seines Sakkos und zerrte ihn zu Boden und hinter eine der schwarzen Marmorsäulen. Ich spürte, dass der Professor neben mir fassungslos war.

»Pssst!« Ich beugte mich leicht vor, und spähte Richtung Eingang hinüber.

In der Schleuse zwischen Haupttor und innerer Glastür huschten dunkle Gestalten umher. Eine davon kniete am Boden und bemühte sich, die Verriegelung zu knacken. Die schwarzen Schemen kamen mir wie Ninjas aus dem Kino vor. Sie bewegten sich katzenhaft geschmeidig und leise. Ich bemühte mich trotz meiner Aufregung, Gesichter zu erkennen. Aber das war unmöglich, die Schattengestalten trugen schwarze Augenmasken.

Die innere Glastür knackte. Zwei Gestalten zogen sie mit vereinten Kräften auseinander und sechs Einbrecher betraten das Museum.

»Türe schließen!«, befahl ein Mann mit militärisch strenger Stimme. Zweifellos der Anführer der Bande. Seine Worte hallten durch die weiten Säle wie ein Echo durch die Berge.

»Zu Befehl, Boss!«, bestätigten die beiden Schatten an der Tür und schlossen diese wieder.

Der Kommandant trat in die Eingangshalle vor, seine Taschenlampe flammte auf. Seine Gefährten folgten hinter ihm.

»Vorsicht mit den Lichtstrahlen. Streicht nicht über Fenster. Wir wollen nicht, dass wir von draußen entdeckt werden.«

»Das war ja geradezu ein Kinderspiel«, sagte die kleinere, zierlichere Person neben dem Anführer.

»Ja, die Amsel hat das richtige Lied gesungen«, bestätigte der Bandenchef. »Die Sicherheitssysteme sind mehr als einfach lahmgelegt, wenn man einmal weiß, wie man die Stromversorgung eliminiert.«

Die Schattengestalten lachten kurz.

»Vorwärts, Leute. Auf uns warten Millionen Schätze der Menschheit!«

– 8 –

Der Aufzug hatte eben seinen Weg nach oben begonnen, da gab es plötzlich einen Ruck. Das Licht in der Kabine erlosch mit einem Schlag, dann rührte sich nichts mehr.

»Was ist denn jetzt los?«, murmelte Dex. »Sag bloß, die Kiste hat den Geist aufgegeben!«

Er wartete rund eine Minute, aber der Lift fuhr nicht wieder an. In der Fahrstuhlkabine herrschte völlige Dunkelheit. »Na ja«, seufzte Dex, »Luke und Skipper werden schnell merken, dass ich nicht komme. Simon Potter weiß sicher, wie er seinen Aufzug wieder in Gang bringt. Solange werde ich wohl hier drinnen warten müssen.«

Dex versuchte, irgendwas zu erkennen, aber in der Kabine war es so dunkel, er sah nicht einmal die Hand vor Augen. Dann fiel ihm sein Smartphone ein. Es verfügte über eine Taschenlampe.

Das Licht flammte auf und tauchte die Liftkabine in bläuliche Dämmerung. »Wär doch gelacht, wenn ich das Ding nicht selber wieder hinkriege«, sprach Dex mit sich selbst. Er richtete den

Lichtschein auf die Schaltkonsole an der Kabinenwand. Hintereinander drückte er verschiedene Knöpfe.

Nichts.

Der Fahrstuhl bewegte sich keinen Millimeter.

»Dann vielleicht hiermit«, sagte Dex. Er betätigte den Notruf-Knopf und beugte sich zum eingebauten Mikrofon vor. »Hört mich jemand? Hallo!«

Keine Antwort.

»Wie denn auch«, murrte Dex. »Wer soll da sein, mitten in der Nacht.«

Dex schaltete die Taschenlampe aus. Er wollte Strom sparen, sah, dass der Akku bereits auf Gelb gesunken war. Luke oder Skipper anzurufen ging auch nicht, es gab null Netzverbindung. »Mist!«, fluchte Dex. Er glitt zu Boden und lehnte sich mit dem Rücken gegen die Kabinenwand.

Minuten verstrichen.

Dex saß nur schweigend da. Ab und zu blickte er auf die Uhr seines Telefons. »He, Freunde, allmählich dürftet ihr aber merken, dass ich nicht im zweiten Stock angekommen bin ...« Er stand auf und hämmerte mit den Fäusten gegen die Lifttür. »Skipper! Luke!«

Stille.

»Wieso reagieren die nicht?«, sagte Dex. »Hier stimmt doch irgendwas nicht!«

– 9 –

»Wo zum Teufel noch mal bleibt der verdammte Strom«, murmelte Skipper nervös. Sie zog ihr iPhone aus der Tasche, schirmte das Display mit beiden Händen ab und blickte auf die Uhr. »Luke muss den Technikraum doch längst erreicht haben ...«

Skipper wandte sich den wertvollen Gemälden zu und dachte nach. Alle Bilder, es hingen an die dreißig an den Wänden, in einem Raubzug zu stehlen war praktisch unmöglich. Die Gemälde waren zu groß und sperrig, schlecht zu transportieren. Außerdem, wie sollten Diebe die weltweit bekannten Werke gewinnbringend verwerten können? Bleibt der Codex Manesse. Eine leichte Beute - schnell unter den Arm genommen und ...

Skipper wurde in ihren Gedanken unterbrochen. Da war doch was?

Sie lief zur Treppe zurück.

Ja, eindeutig. Unten, im Erdgeschoss, tuschelten leise Stimmen. Skipper schlich einige Stufen abwärts, beugte sich über das Steingeländer und spähte in den Treppenschacht hinunter.

»Na endlich!«, murrte sie.

Zwei Lichtstrahlen schnitten wie Laserschwerte durch die Dunkelheit im Untergeschoss.

»Luke und Professor Potter haben Taschenlampen geholt.« Skipper atmete erleichtert auf. »Lu …« Ihr blieben die Worte im Hals stecken. Wieder hörte sie die Stimmen von unten. Jetzt deutlicher als zuvor. Es waren fremde Stimmen.

»Legt einen Zahn zu, Leute. Da oben warten ein paar Mille darauf, den Besitzer zu wechseln!«

»Wo ist das Buch?«, fragte eine hellere, weibliche Stimme.

»Etage eins. Im Mitteltrakt, Saal für Sonderausstellungen. Tick, Trick und Track, ihr greift euch die Beute. Wir sichern hier den Rückzug. Die Amsel zwitscherte zwar, es gäbe nachts keinen Securitydienst, aber wir überlassen nichts dem Zufall.«

»Zu Befehl, Yoda.«

»Und Finger weg von den Gemälden. Keine Spuren, verstanden?«

»Verstanden.«

Die Lichtstrahlen setzten sich in Bewegung. Sie näherten sich und kamen direkt die Treppe hoch. Skipper zuckte zurück. Ihre Gedanken rasten, überschlugen sich regelrecht. Simon Potter hatte sich nicht geirrt. Einbrecher waren in das Museum eingestiegen! Profis, schoss es Skipper in den Sinn. Sie haben die Stromzufuhr des Museums gekappt und so alle Überwachungssysteme außer Kraft gesetzt. Dann sind sie hier eingedrungen, um den Codex zu stehlen.

Skipper reagierte jetzt blitzschnell. Ihr Auftrag! Bewache die Gemälde!

So schnell und leise sie konnte, hastete sie die Treppe nach oben in die erste Etage. Sie musste handeln, Alarm auslösen, Hilfe holen - irgendetwas tun. Dann schoss ihr ein anderer, beängstigender Gedanke durch den Kopf: Luke und Simon Potter waren vielleicht schon in den Händen der Gangster und Dex ... »Flipp jetzt nicht aus, Skipper!«, ermahnte sie sich innerlich. »Bleib cool und denk nach. Dir bleiben nur noch wenige Augenblicke, um den Plan dieser Kriminellen zu durchkreuzen und nicht erwischt zu werden!«

Skipper dachte nach. Nur Fakten zählten: Die Gauner hatten Luke und den Professor noch nicht entdeckt, sonst hätten sie Wachen für ihre Gefangenen abgestellt. Luke und Simon Potter mussten sich also in der technischen Zentrale im zweiten Stock befinden. Oder im Sicherheitsbüro im Erdgeschoss. Vermutlich hatten sie längst per Telefon die Polizei alarmiert und ein Streifenwagen war am Weg hierher. Dex steckte bestimmt im Aufzug fest. Auf ihn als Hilfe konnte sie nicht zählen. Andererseits war er dort vorerst in Sicherheit. Somit existierte für die Einbrecher im Moment nur eine Gefahr: sie, Skipper.

Klack. Klack. Klack ...

Die Schritte auf der Treppe näherten sich schnell.

– 10 –

»Die Schätze der Menschheit!«, murmelte Skipper. Mit einem Schlag war ihr klar, was sie zu tun hatte. Es war riskant, kostete wertvolle Zeit, aber es war ihre Pflicht.
Du gehörst zum X-Team!
Sie lief weiter, huschte dabei durch das fahle Mondlicht. Spätestens jetzt mussten die Diebe sie gesehen haben. Ihr blieben nur noch wenige Augenblicke.

Skipper schnappte sich einen der schweren, silbernen Kerzenständer des Restaurants und rannte zur zentralen Vitrine der Ausstellung. »Wenn hier jemand einen millionenschweren Schatz raubt, dann ich«, murmelte sie entschlossen. Für eine Sekunde wunderte sie sich, woher sie den Mut für ihren Plan nahm. »Beeil dich!«, ermahnte sie sich. Simon Potters Worte fielen ihr ein: Jedes Ausstellungsstück ist zusätzlich abgesichert. Glück im Unglück! Der Vitrinenalarm würde die Gangster in die Flucht schlagen.

Skipper erreichte die Glasvitrine.

Einen Augenblick lang starrte sie auf das alte Pergamentbuch.

Hinter ihr, draußen im Treppenaufgang wurden Schritte lauter. Ein erster Lichtkegel flackerte kurz auf.

Skipper umfasste den Kerzenständer mit beiden Händen - wie einen Baseballschläger. Sie holte aus und schlug ihn mit voller Wucht gegen die Glaskuppel.

Nichts.

Kein Alarm!

Ihr Schlag zeigte nicht die geringste Wirkung.

Klack. Klack. Klack ... Schritte ... Noch näher!

Skipper biss die Zähne zusammen und schlug abermals zu. Ein lautes Knacken hallte durch den Saal, als breche ein Stück Holz in der Mitte entzwei. Skipper sah, wie sich auf der gläsernen Vitrinenkuppel ein Sprung bildete.

Klack. Klack. Klack ...

»Hier oben muss es wo sein.«

Die weibliche Stimme! Tick, Trick und Track - sie kamen!

Noch einmal hämmerte Skipper den Silberleuchter gegen das dicke Glas. »Ja!« Die Vitrine splitterte und Hunderte Scherben regneten zu Boden.

»Was war das!«, rief eine zweite, raue Stimme draußen im Treppenbereich.

»Es kam von dort drüben«, sagte eine dritte Stimme.

Im selben Augenblick fielen Lichtstrahlen von der Vorhalle in den Saal herein.

Skipper warf den Kerzenleuchter weg, griff in den Scherbenhaufen und grapschte sich das Buch. Dann sprang sie in eine Schattennische, sah sich hektisch um und stopfte den Codex in ihren Rucksack.

»Macht schneller!«, sagte die Frauenstimme.

»Verdammt!«, zischte Skipper. Hier im Ausstellungssaal saß sie in der Falle. Sie musste zurück ins Treppenhaus und von dort in den Bereich des Restaurants. Das war der einzige Fluchtweg. Nahm sie den, lief sie ihren Verfolgern aber direkt in die Arme.

»Hier!«, rief die raue Stimme draußen vor dem Eingang. Ein Lichtkreis haftete auf dem Wandschild ›Schätze der Menschheit‹.

Skipper rannte los. Vorbei an der zerstörten Vitrine. Sie hastete an der Wand entlang. Rembrandt, Carl Spitzweg und Pablo Picasso sahen von den Wänden auf sie herab. Der lange Schatten einer Gestalt fiel im Lichtschein einer Taschenlampe auf den Marmorboden herein. Direkt neben dem Saaleingang presste sich Skipper mit dem Rücken gegen die Wand. Sie versuchte, so leise wie möglich zu atmen.

– 11 –

»Das Klirren kam aus diesem Saal«, sagte die raue Stimme. »Tick, Track, hierher!«

»Der Raum hat nur diesen einen Ausgang«, stellte die Frau mit dem Decknamen Tick fest. Das Licht ihrer Taschenlampe suchte dabei die Saalwände ab.

»Dann muss er noch hier drinnen sein«, sagte die dritte Stimme - Track.

Und dann standen drei dunkle Gestalten im Eingang zur Ausstellung. Tick, Trick und Track. Tick war eine mittelgroße Frau, schlank. Trick, mit rauer Stimme, etwas dicklich und mit blondem Stoppelhaar. Track groß und spindeldürr.

»Wer soll noch hier drinnen sein?«, fragte Trick.

»Keinen blassen Schimmer, Mann. Aber irgendjemand ist hier.«

»Los! Ausschwärmen und finden!«, ordnete Tick an.

Die drei schwarzen Gestalten näherten sich. Skipper schluckte trocken. In der Hand von Trick sah sie die Umrisse einer Pistole.

Langsam bewegten sich Tick, Trick und Track vorwärts. Jeder folgte einem Lichtkegel, der die Umgebung vor ihm Zentimeter für Zentimeter absuchte - keinen Winkel ließen sie aus.

Kalter Schweiß rann Skipper über die Stirn, brannte ihr in den Augen. Sie musste schnell weg von hier - ungesehen. Aber die drei Gestalten würden den leisesten Laut sofort hören.

»Verdammt!«, rief Track.

»Was ist los?«, wollte Tick wissen.

»Nur Scherben! Nichts als Scherben! Unsere Beute. Sie ist weg!«

»Red keinen Schwachsinn, Track!«

Tick und Trick liefen zu ihrem Kumpel.

Jetzt oder nie! Solange ihre Aufmerksamkeit der zerschlagenen Glaskuppel gehörte ... Skipper holte tief Luft und rannte aus dem Saal. Sie konnte den Stuhl des Türstehers, der tagsüber Saaldienst verrichtete, nicht sehen. Er stand nur zwei Schritte neben ihr in einer Schattennische. Skipper stieß mit dem Fuß gegen ein Stuhlbein. Der Sessel kippte um und schlug mit der Lehne auf dem Boden auf.

»Da ist er!«, rief Tick.

Ein Lichtstrahl huschte kurz über Skipper hinweg.

Sofort drehten sich auch Trick und Track um.

»Ihm nach!«

Skipper schlitterte in die Vorhalle hinaus. Schon hörte sie, wie ihre Jäger losliefen.

Skipper wandte sich nach links. Wenn Tick, Trick und Track Profis waren, dann würden sie sich trennen. Es war dann nur eine Frage der Zeit, bis sie ihnen in die Hände fiel. *Ich muss mich verstecken - schnell!*

Gehetzt blickte Skipper sich um. Naheliegenderweise würde jeder über die Treppe nach oben oder unten flüchten. Links von ihr lag der Gemäldesaal mit den spanischen, italienischen und französischen Meistern. Skipper rannte hinein. Oh Gott! Der Saal war vollkommen leer. Bis auf die Bilder an den Wänden und den mit Leder gepolsterten Sitzbänken in der Saalmitte. Skippers Herz raste immer schneller. Verstecken war hier unmöglich. Erschrocken bemerkte sie, wie ein Tropfen über ihre Hand lief und auf den Boden triefte. Sie hatte sich an den Glassplittern geschnitten. Für Schmerzen war jetzt aber keine Zeit. Draußen in der Treppenhalle näherten sich Tick, Trick und Track.

»Weit kann er nicht sein!«

»Trick, du rüber in den Saal mit den deutschen Malern. Track, du übernimmst das Restaurant, ich seh im Saal mit den Franzosen, Spaniern und Italienern nach.«

»Alles klar!«, Tick.

Laufende Schritte entfernten sich.

Skipper wischte mit dem Schuh instinktiv über die Bodenstelle, wo der Blutfleck sein musste. Vor vier Monaten war sie schon einmal in diesem Saal gewesen. Mit ihrer Schulklasse. Sie war damals auf einem dieser Sitzquader gesessen und sie hatte noch gut in Erinnerung, was ihr aufgefallen war.

»Meine einzige Chance«, murmelte sie.

Augenblicke später betrat jemand den Gemäldesaal. Zweifellos Tick. Der Strahl einer Taschenlampe glitt über die Wände, die Ölgemälde und dicke goldene Bilderrahmen. Mehr konnte Skipper durch den winzigen Spalt nicht sehen.

»Ich weiß, dass du hier bist.«

– 12 –

»Verstanden, Yoda. Wir legen einen Zahn zu.«

Drei Schattengestalten näherten sich der Marmorsäule in der Halle. Ich wich instinktiv noch ein paar Zentimeter zurück.

Sie kamen direkt auf uns zu.

»Weg hier«, säuselte ich Simon Potter zu.

Geduckt nutzte ich jede Schattennische aus und schlich Richtung Museumsshop. Simon Potter zerrte ich am Ärmel neben mir her. Sekunden später erfasste der Schein von Taschenlampen die Säule, hinter der wir uns gerade noch versteckt hatten.

»Schneller!«, hörte ich eine energische Stimme befehlen.

Im Shop kauerten wir uns zwischen zwei Bücherregale. Die Stimmen der Gangster wurden immer lauter und lauter, ebenso ihre Schritte.

»Die kommen hierher, Luke«, flüsterte Professor Potter.

»Pssst!«

Wir hielten den Atem an und lauschten Richtung Eingang.

Die Stimmen draußen waren klar zu hören. Sie diskutierten heftig, Details konnten wir aber nicht verstehen.

Jetzt wurden die Worte leiser.

»Sie gehen einen Stock höher«, flüsterte ich.

»Das wäre fast ins Auge gegangen«, meinte der Professor.

»Die Kerle müssen die Stromversorgung von außen gekappt haben«, sagte ich.

»Sie wollen die ›Schätze der Menschheit‹ rauben. Deine Freundin, Skipper, ist alleine dort oben«, sagte Simon Potter besorgt.

»Skipper kann sich selbst in Sicherheit bringen«, erwiderte ich.

»Und was, wenn sie den Burschen direkt in die Arme läuft?«

»Dagegen können wir von hier aus nichts tun«, erklärte ich. »Wir brauchen Strom und das Telefon. Wo genau ist das Büro der Security?«

»Im gegenüberliegenden Gebäudetrakt«, sagte der Professor.

»Da kommen wir nicht hin«, überlegte ich laut. »Durchqueren wir die Säulenhalle, sehen uns die beiden Ganoven, die hier unten geblieben sind, sofort.«

»Was dann?«

»Geben Sie mir den ID-Schlüssel.«

»Wozu?«

»Das Sicherheitsbüro ist sicher abgeschlossen. Ich bin schneller als Sie, Professor.«

»Was hast du vor?«

»Uns bleiben zwei Möglichkeiten: rüberschleichen und riskieren, entdeckt zu werden oder rüberrennen und uns im Büro der Security einschließen.«

»Und beim Rennen Lärm machen. Tolle Aussichten.« Simon Potter gab mir die Schlüsselkarte.

»Los!«, sagte ich. »Falls sie uns entdecken, laufen wir sofort los, okay?«

»Okay«, nickte der Professor.

So leise es ging, schlichen wir zur Eingangstür des Shops. Ich drückte die Klinke vorsichtig nach unten, wartete einen Augenblick, dann zog ich die Tür einen Spalt auf. Ein fingerbreiter Streifen Dämmerlicht fiel in die Säulenhalle hinaus. Ich sah die breite Treppe und drei Männer, die auf der untersten Stufe hockten. Sie sprachen leise miteinander.

»Die sehen mich, da hab ich noch keine drei Schritte gemacht«, flüsterte ich dem Professor zu.

»Kannst du dich nicht im Schatten der Säulen rüberschleichen?«

Ich schüttelte den Kopf. »Ich muss auf jeden Fall an den erhellten Fenstern vorbei.«

»Verflucht«, murmelte Potter.

Wir warteten.

»Die können nicht ewig da rumsitzen«, sagte ich leise. »Wir müssen auf die passende Gelegenheit schnell reagieren.

Knappe fünf Minuten vergingen, da wurden draußen plötzlich Stimmen laut. Zwei Männer und eine Frau liefen hastig die Treppe heruntergeeilt.

»Was ist denn in euch gefahren!«, bellte eine Stimme.

»Wir liefen zur Ausstellung hoch, da hörten wir ein Klirren. Das Buch ...«

»Was ist damit?«

»Es ist weg!«

»Was heißt: Es ist weg?«

»Jemand hat vor uns zugeschlagen«, antwortete die Frau aufgeregt.

»Willst du mich verscheißern, Tick?«, fuhr der Mann drohend hoch. »Hier drinnen ist niemand außer uns!«

»Irrtum, Yoda. Wir haben ihn flüchten sehen.«

»Ihr habt was? Von wem redest du? Wohin ist *er* geflüchtet?«

»Er ist uns entkommen.«

»Er ist euch ... Verdammt! Da treibt sich irgendwer in diesen Mauern herum, klaut uns die

Millionen unter der Hand weg und ihr Idioten schnappt ihn nicht?«, brüllte Yoda wutentbrannt. »Bringt ihn mir! Zorro, Batman, ihr beide bleibt hier und bewacht die Ausgänge. Er darf uns auf keinen Fall durch die Lappen gehen. Tick, Trick und Track, ihr kommt mit!«

Von unbändigem Zorn erfüllt stürmte Yoda die Treppe hinauf. Tick, Trick und Track folgten ihm. Zorro und Batman blickten ihnen hinterher, während sie ihre Posten im Erdgeschoss einnahmen.

»Das Durcheinander ist unsere Chance«, flüsterte ich.

»Aber ...«

Ich riss die Tür auf. »Los!« Dann rannte ich.

Ich hatte die Treppenhalle im Schutz der dicken Säulen schon fast hinter mir, als Zorro Batman die Taschenlampe zuwarf. Der Lichtschein streifte mich dabei kurz, als ich von einer Säule zur nächsten sprintete.

»Da ist er!«, brüllte Zorro sofort. »Ich hab ihn!«

Ich achtete nicht weiter auf den Kerl. Irgendwo hinter mir hörte ich Professor Potters Schritte. Ich sprintete weiter und erreichte das Sicherheitsbüro.

Zorro, der hinter mir herlief, war noch etwa fünfzehn Meter entfernt. »Stehen bleiben oder es knallt!«

Hastig zog ich den ID-Schlüssel aus meiner Hose und versuchte, das Lesegerät an der Tür zu ertasten.

Ich fand es nicht.

– 13 –

Dex legte ein Ohr an die Lifttür und lauschte. »Da waren doch eben Geräusche zu hören?«, sagte er sich selbst. »Da hat jemand geschrien.«

Er konzentrierte sich, versuchte einzuordnen, was sich draußen tat. Aber alles, was er glaubte zu hören, war zu undeutlich, um sich einen Reim darauf machen zu können, was los war.

»Ich bilde mir das alles nur ein«, seufzte Dex. »Jetzt sitze ich schon fast eine Stunde hier fest. Um 21:07 Uhr fiel der Strom aus. Seither hat sich nichts getan. Wo sind die alle? Was zum Teufel ist da passiert? Die müssen doch längst gemerkt haben, dass der Fahrstuhl stecken geblieben ist. Warum suchen sie mich nicht? Sie rufen nicht einmal nach mir?«

Je länger Dex über diese Tatsachen nachdachte, umso mehr kam er zu dem Schluss, dass etwas nicht stimmte. »Hier läuft irgendwas gehörig schief«, murmelte er. »Ich muss selbst zusehen, dass ich aus dieser Falle rauskomme. Was tun sie in Actionfilmen immer, wenn sie im Aufzug festsitzen?«

Dex stand auf, tastete nach dem Türspalt zwischen den beiden Stahlflügeln und krallte seine Finger hinein. Er zog, so fest er konnte. Zwecklos. Die Türflügel gaben keinen Millimeter nach. Dex gab nicht auf, stemmte sich mit aller Kraft gegen die Tür und zog, so fest er konnte. Nach Sekunden gab die Schiebetür nach und er konnte sie so weit öffnen, dass er sie mit einem Fuß ganz aufpressen konnte. Doch als er nach draußen griff, landete seine Hand auf kaltem Beton. »Mist, ich stecke zwischen zwei Etagen fest. Wäre auch zu schön gewesen.«

Also Plan B. Die Taschenlampe seines iPhones ging an. Dex leuchtete zur Kabinendecke hoch. »Eine Liftkabine hat eine Luke, damit ein Techniker in den Aufzugschacht kann«, sagte er sich. Gleichzeitig erinnerte er sich daran, dass dieser Weg mehr als gefährlich war. Setzte der Strom wieder ein, zog der Motor den Fahrstuhl bis ganz nach oben. Was das bedeutete, wollte er sich nicht einmal vorstellen.

»Okay, Freunde, ich gebe euch noch dreißig Minuten. Luke, Skipper, wenn ihr mich bis dann hier nicht rausgeholt habt, dann zwingt ihr mich zu Plan B.« Dex steckte sein Smartphone weg und setzte sich wieder auf den Boden. Als komfortabel konnte man die Kabine nicht gerade bezeichnen, Boden und Wände waren kalt und hart.

»Diese verdammte Dunkelheit und diese Enge machen einen ganz verrückt«, stöhnte Dex nach einer Weile. Er schaute auf die Uhr. »Und die Zeit steht auch still hier drinnen!«

- 14 -

Fieberhaft versuchte ich noch einmal, den ID-Schlüssel durch den Lesekanal an der Tür zu ziehen. In diesem Moment packten mich zwei starke Hände und schleuderten mich von der Bürotür weg. Eine Taschenlampe blendete mich kurz, dann richtete sich der Lauf einer Pistole auf mich.

»Keine falsche Bewegung, sonst knallt's«, drohte der Mann mit dem Decknamen Zorro.

Jetzt wurde eine zweite Person unsanft zu mir herübergestoßen. Simon Potter. In meiner Hektik war mir entgangen, dass der Professor dicht hinter mir hergeeilt war.

»Hände hoch, umdrehen und mit dem Gesicht an die Wand!«, befahl Zorro barsch.

»Wer ... Was wollen Sie von uns?«, stotterte ich. Ich muss zugeben, in diesen Sekunden breitete sich die Angst in mir aus. Aus den beruflichen Erfahrungen von Dad und Großvater wusste ich, solche Typen sind zu allem fähig - besonders in angespannten Situationen wie der von uns gerade.

Zorro war ein bulliger Schlägertyp mit platter Boxernase, die unter seiner Augenbinde leise pfiff, wenn er ausatmete. Er richtete seine Waffe direkt auf Simon Potter und mich, das konnte ich im Augenwinkel erkennen. Potter neben mir zitterte am ganzen Körper. Er starrte reglos auf die Wand vor ihm. Die Falle hatte zugeschnappt. Flucht war unmöglich.

Hinter uns näherten sich schnelle Schritte.

»Umdrehen!«, lautete der Befehl Augenblicke später.

Wir gehorchten.

Zorro senkte seine Pistole. Wir waren umzingelt, in die Enge getrieben wie ein gehetztes Tier bei einer Treibjagd. Yoda, Batman, Zorro, Tick, Trick und Track. Zum ersten Mal in meinem Leben blickte ich in die Augen von eiskalten Verbrechern. Merkwürdig, dachte ich in diesen Sekunden. Ich müsste doch weiterhin fürchterliche Angst spüren. Stattdessen hatten meine Sinne auf volle Alarmbereitschaft geschaltet und ich fühlte nur, dass mein Herz etwas schneller pochte.

»Du hast einen Orden verdient, Zorro«, sagte Yoda kalt. Er trat ein paar Schritte auf uns zu und blickte uns durch seine schwarze Maske in die Augen.

Ich konnte den Zorn spüren, der von Yoda ausging. Dieser Mann war zu allem entschlossen.

»Okay«, knurrte Yoda. »Das Spiel läuft folgendermaßen: Ich stelle die Fragen, ihr antwortet schön artig. Wenn nicht, dann hilft euch Zorro gerne beim Nachdenken ...«

Zorro kam einen Schritt näher und presste Simon Potter den kalten Lauf seiner Waffe unter die Nase.

»Wer seid ihr?«

»Lukas Lobec«, antwortete ich. Meine Stimme flatterte nun doch etwas.

»Und du dürre Glatze?«

»Ich ... Ich bin Simon Potter, Direktor des Kunsthistorischen Museums«, stammelte der Professor.

Yoda wandte sich dem Professor zu und trat jetzt ganz dicht an ihn heran. Ihre Nasen berührten sich fast, als Yoda auf ihn herunter blickte. »Der Direktor persönlich. Sieh einer an!«

Yoda war ein durchtrainierter Mann, er bewegte sich stramm wie ein Soldat, das pechschwarze Haar war so kurz geschnitten, ich konnte selbst im Schein der Taschenlampen die Kopfhaut darunter sehen. Von Yodas linkem Mundwinkel abwärts verlief eine tiefe Narbe.

»Warum treibt ihr euch nachts hier herum?«, knurrte Yoda.

»Ich bin der Direktor«, sagte der Professor. »Ich arbeite oft nachts noch im Büro. Die morgige Ausstellungseröffnung muss perfekt ablaufen.«

»Und der da?«

Yoda warf mir einen mehr als abfälligen Blick zu.

»Ich wollte Luke meine Eröffnungsrede vortragen, um noch einen Feinschliff vornehmen zu können. Und er interessiert sich für Kunst. Wir wollten die Ausstellung in aller Ruhe ansehen und genießen.«

»Was Sie nicht sagen. Genau das wollten wir auch«, grinste Yoda schief. »Aber da ist etwas, was mir an der Ausstellung überhaupt nicht gefällt, Professor«

»Wo ... Wovon reden Sie?«, stammelte Simon.

»Ihr habt bei eurer Besichtigung klebrige Finger bekommen und eines der millionenschweren Exponate eingesackt. Klingelt's da im Oberstübchen?«

»Keine Ahnung, was Sie meinen.«

Yoda starrte dem Professor kalt in die Augen. »Der Codex. Wo ist er?«

»Wir haben nichts gestohlen«, redete ich dagegen.

»Durchsuchen!«, befahl Yoda seinen Kumpanen.

Professor Potter und ich wurden rüpelhaft gepackt und von oben bis unten abgetastet.

»Was soll der Quatsch«, protestierte ich. »Denken Sie etwa, ich schleppe ein so großes Buch unter dem T-Shirt mit?«

»Not macht erfinderisch, Kleiner.«

»Er sagt die Wahrheit«, erklärte Tick nach dem Abklopfen. »Sie haben nichts bei sich. Der Dieb muss sich noch immer oben aufhalten. Er hatte auch so gut wie keine Chance, den ersten Stock ungesehen zu verlassen, während wir ihn verfolgt haben.«

»So, so ...«, sagte Yoda mit gespielter Freundlichkeit. »Ihr seid nicht alleine. Wer versteckt sich da oben?«

Ich gab keine Antwort. Auch Simon Potter schwieg.

»Raus mit der Sprache! Wer?« Yoda klang gereizt, seine Geduld schien sich allmählich dem Ende zuzuneigen.

»Ich hab keine Ahnung«, sagte ich schließlich, um Yoda nicht noch wütender werden zu lassen. Doch da hatte ich wohl die falsche Antwort gewählt.

Yoda packte mich am Kragen, riss mich zu sich heran und starrte mir kalt in die Augen. »Versuch ja nicht, mich reinzulegen, Kleiner, sonst ...«

»Lassen Sie den Jungen und überlegen Sie doch«, sagte der Professor zögerlich. »Hätten wir gewusst, dass sich außer uns noch jemand im Haus befindet, hätten wir sofort die Polizei verständigt.«

»Wir haben auch nicht gewusst, dass Sie und Ihre Bande hier einbrechen«, keuchte ich.

Yoda lockerte seinen Griff, dachte kurz über unsere Worte nach. »Fällt euch nichts Besseres ein?«, knurrte er Augenblicke später. »Rein zufällig tauchen drei, nennen wir uns Interessenten, zur gleichen Zeit am gleichen Ort auf. Wir, ihr beide und Mister Unbekannt. Ein bisschen viel Zufall, meint ihr nicht auch?«

»Glauben Sie uns oder auch nicht«, sagte ich. »Das ist die Wahrheit.«

Yoda wandte sich wieder mir zu. »Weißt du, was ich mit Lügnern mache, Kleiner?«, hauchte er ernst und drückte wieder fester zu. »Wer ist da oben? Du hast noch fünf Sekunden: fünf - vier - drei -«

– 15 –

Ich spürte, wie mein Herz zu rasen begann.

»Zwei ...«

Yodas Hände schlossen sich jetzt um meinen Hals. Ich musste krächzen.

Jetzt ging die Frau, die sie Tick nannten dazwischen. »Lass ihn los, Yoda. Wenn er etwas wüsste, hätte er längst gesungen. Du hast ihm genug Angst eingejagt.«

Yoda ließ mich fallen wie einen Sack Müll. Wutentbrannt drehte er sich um, schoss auf Tick zu und brüllte: »Ich bin hier der Boss! Kapiert! Ich und sonst niemand befiehlt, was geschieht!«

»Mann, beruhig dich«, sagte Tick. »Hab's ja verstanden.«

Yoda funkelte Tick noch ein paar Sekunden lang an. Dann atmete er durch und sprach mit normaler Stimme weiter. »Also, alle zuhören: Zorro und Batman, ihr beide bewacht weiterhin die Ausgänge. Tick, Trick und Track, ihr sucht weiter nach diesem Unbekannten. Und ihr kommt mir nicht ohne ihn zurück! Ich verfrachte unterdessen unsere Gäste ins Büro der Security und pass auf, dass sie nicht auf dumme Gedanken kommen. Befehle ausführen!«

Yoda zog seine Pistole aus dem Einsatzgürtel und richtete sie auf Simon Potter und mich. »Abmarsch!«, grunzte er. Mit dem Lauf in unseren Rücken dirigierte er uns weg aus der Treppenhalle.

Meine Gedanken kreisten ständig um eine Tatsache. Saßen wir erst einmal im Sicherheitsbüro fest, standen unsere Chancen für eine halbwegs ungefährliche Flucht mehr als schlecht. Ich musste jetzt türmen. Aber wie? Und vor allem wohin? Zorro und Batman bewachten die Ausgänge im Erdgeschoss. Der Seiteneingang, durch den wir gekommen waren, hatte Simon Potter mittels seines ID-Schlüssels und des Codes wieder verriegelt.

Der Schlüssel!

Yoda hat mir den Schlüssel nicht abgenommen. Und der Geheimcode des Professors - plötzlich schien es, als würde es doch noch eine Chance zur Flucht geben.

»Ihr durchkämmt das gesamte Gebäude!«, rief Yoda Tick, Trick und Track hinterher. »Ich will, dass ihr in jede Ecke, jeden noch so kleinen Winkel schaut!« Dann befahl er Simon Potter, das Sicherheitsbüro aufzuschließen.

Mein Herz machte einen inneren Luftsprung, als sich zeigte, dass der Professor einen Ersatzschlüssel bei sich trug. Jetzt konnte mein Plan tatsächlich klappen.

Yoda stieß uns grob in das Büro der Security. In der Dunkelheit stießen wir gegen Aktenschränke und Tische. Ich stürzte fast, rammte mir eine Tischkante in die Seite, was höllisch wehtat.

Yodas Taschenlampe flammte auf. Er postierte das Licht am Schreibtisch. Die Lampe war ein militärisches Tarnlicht und erhellte das Büro mit seinem spärlich bläulichen Schein nur schwach. Aber das reichte, um mehr als Schatten und Umrisse von Möbeln erkennen zu können.

Yoda ließ sich in den Sessel hinter dem Schreibtisch fallen, knallte seine schweren Lederstiefel auf die Platte und hielt uns mit seiner Waffe in Schach.

»Was ... Was geschieht jetzt mit uns?«, fragte ich zaghaft.

»Abwarten«, antwortete Yoda tonlos.

»Warten worauf?«

Keine Reaktion.

»Noch ist nichts wirklich Schlimmes passiert«, warf Simon Potter ein. »Blasen Sie die ganze Sache ab, Yoda - oder wie immer Sie heißen. Sie werden Ihr Ziel ohnehin nicht erreichen.«

»Was für ein Ziel?«

»Die ›Schätze der Menschheit‹ rauben.«

»Die Polizei forscht Sie aus, sobald die einzigartigen Gemälde irgendwo auf dem Schwarzmarkt für Kunstgegenstände auftauchen«, fügte ich an, um den Professor zu unterstützen. Einleuchtende Sachargumente zogen bei gebildeten Menschen immer. Hoffentlich zählte Yoda zu diesen Personen.

»Jetzt fällt Ihre Strafe noch milde aus«, meinte Simon Potter.

Yoda lachte nur auf. Unsere Versuche, ihn umzustimmen, schienen ihn köstlich zu amüsieren.

»Spart eure Bemühungen, mich umzustimmen«, sagte er gelangweilt. »Niemand weiß, dass wir hier sind. Niemand weiß, wie ich heiße, woher ich komme und wohin ich verschwinde - klingelt's bei euch? Ich existiere überhaupt nicht, bin ein Phantom, der Mann, der aus dem Nichts kam und der in das Nirgendwo verschwindet. Wir haben die ganze Nacht Zeit, den Unbekannten zu finden, ihm den Codex Manesse abzunehmen und ihn zu töten. Und dann, dann verschwinden wir so schnell, wie wir aufgetaucht sind. Spurlos und für immer.«

»Sie wollen ihn umbringen!«, rief ich schockiert.

Yoda nahm die Beine vom Tisch und beugte sich zu uns vor. Dabei richtete er seine Pistole ständig auf uns. »Sieh einer an. Warum so besorgt, Kleiner? Du kennst den Unbekannten wohl doch?«

Ich spürte, wie eine heiße Welle des Zorns durch mich strömte. Ich versuchte, mich zu beherrschen und meine Stimme so ruhig klingen zu lassen, wie es irgendwie ging. »Nein. Ich kenne niemanden hier. Außer den Professor.«

Yoda lachte kaltschnäuzig.

In diesem Moment brannten bei Simon Potter die Sicherungen durch.

Der Professor schlug blitzartig zu wie eine Schlange, die nach ihrer Beute schnappt. Entschlossen vor Wut trat er mit dem Fuß gegen die Tischplatte. Der nicht allzu schwere Schreibtisch prallte gegen Yodas Rippen und schnürte ihm für ein, zwei Sekunden den Atem ab. Diese wenigen Augenblicke nutzte Professor Potter. Er stürzte zur Tür, riss sie auf und warf sich aus Angst vor einem Schuss auf den Gang hinaus. Der Angriff von Simon Potter erfolgte so schnell, ehe ich überhaupt reagieren konnte, sprang Yoda auf. Topfit, wie er war, erreichte und packte Yoda Simon Potter, noch bevor dieser draußen am Gang auf die Beine kam.

Ich hörte ein Handgemenge. Dann sah ich, wie Yoda den Griff seiner Waffe hob und zuschlug.

Professor Potter schrie kurz auf, dann sackte er reglos zu Boden.

– 16 –

Skipper atmete erleichtert auf, als sich die Schritte und der Lichtschein aus dem Saal zurückzogen.

»Gott sei Dank, sind sie nicht auf die Idee gekommen, dass die Sitzbänke hohl gezimmert sind, weil sie die Klimaanlage beinhalten«, murmelte sie erleichtert. »Aber das verschafft mir nur etwas Zeit. Früher oder später finden sie mich. Ich muss abhauen und die Polizei verständigen. Dex! Ich muss Dex aus dem Aufzug holen! Und Luke und der Professor! Ich muss ihnen zu Hilfe kommen und ...

Bleib ruhig und besonnen, Skipper.

Lief sie den Einbrechern unvorsichtigerweise in die Hände, konnte sie niemandem mehr helfen. Also klar denken.

»Krieche ich aus meinem Versteck, gehe ich ein gewisses Risiko ein. Die Gangster könnten mir eine Falle stellen, die Taschenlampen einfach ausschalten, sich ruhig verhalten und abwarten, bis ich die Geduld verliere und einen Fehler mache. Aber ich kann nicht ewig hier drinnen und untätig bleiben. Kommen die Kerle zurück, kann ich überhaupt nicht mehr fliehen.

Skippers Hand schmerzte. Der Schnitt war doch tiefer gegangen, als sie anfangs geglaubt hatte. Sie zog eine Socke von ihren Schuhen und verband damit die immer noch leicht blutende Wunde. Dann hob sie die Sitzfläche wenige Millimeter hoch, lauschte und lugte in den Gemäldesaal.

Nichts zu hören. Niemand zu sehen.

Das Einzige, was Skipper hörte, war das Hämmern ihres Herzens. Sie beschloss, auf Nummer sicher zu gehen und noch drei, vier Minuten abzuwarten. Genau in diesem Augenblick wurde ihre Aufmerksamkeit geweckt.

Irgendwo in der Ferne, scheinbar eine Etage tiefer, waren jetzt plötzlich Stimmen zu hören. Skipper strengte sich an, konnte aber nicht verstehen, was sie sagten. Das hallende Echo der riesigen Hallen verzerrte die Worte zu stark.

»Irgendwas ist da im Gang«, sprach sie innerlich mit sich selbst.

Die Stimmen klangen ziemlich gereizt, wurden lauter und hektischer. Skipper hob die Sitzbank ein Stück weiter hoch. Nichts tat sich.

Sie kroch aus ihrem Versteck, schlich zur linken Saalwand hinüber und von dort zum Ausgang.

Vorsichtig schob sie den Kopf ein Stück vor und spähte um die Ecke in die Kuppelhalle mit dem Restaurant. Auch hier rührte sich nichts. Alles war ruhig. Den Sichtschutz der Säulen, Ecken und Steingeländer ausnutzend schlich Skipper hinüber zur runden Bodenöffnung unter der Kuppel. Vorsichtig blickte sie zwischen den Geländerstreben hinunter. Kaum etwas zu erkennen. Sie versuchte, die unterschiedlichen Stimmen einzuordnen.

»Scheint, als ist da unten die ganze Bande versammelt«, sagte sie zu sich selbst. Skipper schlich zur Treppe weiter. So leise sie konnte, stahl sie sich ein paar Stufen nach unten. Plötzlich ertönten Schritte unten am Marmorboden des Foyers. Sie kamen eindeutig Richtung Treppe!

»Zum Teufel!«, zischte Skipper. »Ich hätte sofort eine Fliege machen sollen!« Geduckt flitzte sie wieder die Treppe hoch. Diesmal wählte sie aber ein anderes Versteck.

Im Restaurant waren bereits die Tische für die morgige Eröffnung gedeckt. Skipper schlüpfte unter einen der runden Tische, deren weiße Stickdecken bis zum Boden reichten. »Mehr als zwanzig Tische«, murmelte sie. »Hier sucht und findet mich keiner so leicht.«

Schnell kamen die Schritte jetzt näher. Stimmen setzten ein. Diesmal so deutlich, dass Skipper sie verstehen konnte.

»Das Museum wird bis in den hintersten Winkel durchsucht. Wenn es sein muss zerlegt!«

»Verflucht!«, dachte Skipper. »Diese Kerle geben nicht auf, ehe sie mich erwischt haben.«

Keine drei Minuten verstrichen, da erging Tracks Befehl, die erste Etage abzusuchen. »Tick, du behältst die Treppen im Auge. Der Bursche darf sich nicht davonschleichen. Trick und ich nehmen jeden Quadratzentimeter hier oben unter die Lupe.«

Skipper lugte unter dem Tischtuch hervor. Drei Lichtstrahlen schnitten durch die Säle und Hallen des ersten Geschosses. Aber nicht fahrig nervös. Die Lichtkreise suchten die Umgebung mit System ab - sorgfältig genau. Sie leuchteten hinter jede Ecke, jeden Mauervorsprung, jede Nische. Sie entdeckten nichts und arbeiteten sich jetzt Richtung Restaurant vor. Skipper zog sich tiefer hinter die Decke zurück.

»Alles klar bei den Treppen?«, fragte Track.

»Alles roger«, antwortete Tick.

Plötzlich tanzte ein Lichtschein zwischen den Tischen hin und her. Jemand kam auf Skippers Versteck zu. Der Lichtkreis wischte über Skippers Tischdecke.

Skipper hielt den Atem an. Der Lichtstrahl wanderte weiter. Sie wollte gerade erleichtert aufatmen, da blieb das Licht auf einer bestimmten Stelle am Boden haften.

»Ich hab was!«, rief Track. »Seht euch das an!«

Zwei weitere Lichtkreise näherten sich.

»Das ist ein Blutfleck«, sagte Trick. »Jemand versteckt sich hier ganz in der Nähe.«

– 17 –

»Professor!« Ich schüttelte meine Ängstlichkeit ab und eilte auf den Gang hinaus, wo Simon Potter reglos am Boden lag.

»Lass deine Flossen von ihm!«, brüllte Yoda und richtete seine Pistole auf mich.

Ich wich zurück. »Professor Potter braucht Hilfe. Sie haben ihn ernsthaft verletzt!«

»Ich entscheide, wer hier Hilfe benötigt und wer nicht!« Yoda ließ mich einige Augenblicke lang zappeln, dann sagte er: »Okay, sieh nach deinem Freund.«

Ich kniete mich neben den Professor, setzte ihn auf und fühlte seinen Puls. »Gottlob!«, murmelte ich in mich hinein. »Er ist nur bewusstlos.«

»Mach dir nicht in die Hosen«, grinste Yoda. »Der alte Sack wird schon wieder munter. Sein Glück, ich habe heute einen gütigen Tag. Sonst hätte ich meine Knarre nicht umgedreht. Beim nächsten Fluchtversuch tu ich das auch nicht mehr, kapiert? Bring ihn rein, los dalli!«

Ich packte Simon Potter unter den Achseln und zerrte ihn zurück in das Sicherheitsbüro. Mit aller Kraft hob ich den Professor hoch und hievte ihn auf einen Stuhl an der Wand. So konnte ich seinen Kopf an der Mauer abstützen. In all diesen Minuten kreisten meine Gedanken um den ID-Schlüssel in meiner Hosentasche. Er war meine einzige Chance. Ein enorm hohes Risiko war mir bewusst, aber eben die einzige Möglichkeit, etwas zu unternehmen.

»Er hat eine Schlagwunde am Hinterkopf und braucht dringend einen Arzt.«

»Halt die Klappe!«

»Er verblutet vielleicht.«

»Ich hab dir schon mal gesagt, ich bestimme, wer einen Arzt braucht. Sperr gefälligst die Ohren auf, wenn ich mit dir rede. Der wird schon wieder.«

»Sind Sie Arzt, um das beurteilen zu können?«, sagte ich herausfordernd.

Yodas Augen verengten sich zu schmalen Schlitzen. »Pass auf, was du sagst, Kleiner! Halt dein freches Mundwerk oder du brauchst gleich wirklich einen Onkel Doktor!«

Ich beschloss zu schweigen. Yoda war ein skrupelloser Gangster, kein vernünftig denkender Mann, dem man mit Reden und Argumenten näherkommen konnte. Dex hätte es vielleicht geschafft, Yoda die Ohren so vollzuquatschen, dass dieser seine Meinung änderte. Aber Dex war nicht hier.

Dex!

Plötzlich drängte sich mir ein ganz neuer Gedanke auf: Dex steckte im Fahrstuhl. Skipper, der Professor und ich wussten das. Aber Yoda und seine Meute nicht! Wenn Dex freikäme, dann ... Aber Dex wusste nicht, was hier draußen los war. Und wie sollte ich an ihn ran kommen, um ihn einzuweihen? Blieb Skipper als einzige Aussicht. Hoffentlich konnte sie diesen Kriminellen entkommen und Dad informieren. Doch aus dem Museum rauszukommen wäre reiner Zufall. Nur Simon Potter kannte den Code für den Seiteneingang.

Ich musste den Professor wach kriegen. Er musste mir den Code verraten. Dann bestand wenigstens ein winziger Hoffnungsschimmer.

– 18 –

Skipper stockte für einen Augenblick der Atem. Ein Blutfleck am Boden! Sie hatten sie entdeckt.

»He! Wer immer du bist! Komm raus, ergib dich. Wir wissen, dass du dich hier versteckst!«, rief Tick. »Ich zähle bis drei, dann hast du deine letzte Chance auf milde Behandlung verspielt! Eins ...«

Skippers Gedanken überschlugen sich. *Komm ich nicht freiwillig aus meinem Versteck, hat vielleicht meine letzte Stunde geschlagen.*

Aber was, wenn die Frau bluffte? Wenn man sie nur aus ihrem Versteck locken wollte, und dann erst recht ...

»Flüchten ist unmöglich!«, rief Tick. »Wir haben die ganze Etage abgeriegelt. Zwei ...«

Von abgeriegelt konnte keine Rede sein, überlegte Skipper. *Sie sind nur drei Leute. Viel zu wenige, um das weitläufige Stockwerk flächendeckend überblicken zu können.* Diese Überlegung brachte Skipper auf einen anderen Gedanken: Tick, Trick und Track konnten überhaupt nicht wissen, dass sie sich in dieser Etage versteckt hatte. Der Blutfleck konnte passiert sein, als sie am Weg nach oben in den zweiten Stock gewesen war.

»Drei!«

Skipper schluckte, versuchte absolut stillzuhalten.

Nichts geschah.

Gespenstische Ruhe lag über dem Restaurant.

»Vielleicht ist er gar nicht hierher getürmt, Tick«, sagte Track leise.

»Das stellen wir sofort fest«, sagte Tick. »Wir fangen dort vorne an. Seht unter jedem Tisch nach. Lasst ja keinen aus, verstanden!«

Skipper suchte verzweifelt nach einem Ausweg. Aber da war keiner. Sie hörte links hinter sich, wie die ersten Tischdecken angehoben wurden. »Mir bleibt nur eine Chance«, sprach sie sich leise Mut zu. »Ein Ablenkungsmanöver.« Sie erinnerte sich an die Tischdekorationen, die Weingläser, Kerzenständer und Teller.

So leise sie konnte, schob sie eine Hand unter der Tischdecke hervor, tastete sich zu Messer und Gabel vor, grapschte sich das Besteck und ging in Startposition.

Skipper spähte unter der Decke den Fußboden entlang. Im Lichtschein sah sie die Schuhe der

Gangster. Sie waren noch fünf Tischreihen hinter ihr.

Es muss einfach klappen - es muss!

Tick, Trick und Track bückten sich und blickten wieder unter einen Tisch.

Diesen Moment nutzte Skipper. Sie schleuderte das schwere Silbermesser in Richtung Bar, die auf der gegenüberliegenden Seite der Tischkreise stand.

Treffer!

Das Messer riss ein paar Gläser mit sich zu Boden, die laut klirrend zerbrachen. Jetzt warf sie die Gabel rechts davon gegen eine Stützsäule. Die Silbergabel prallte von der Marmorwand ab und fiel scheppernd zu Boden.

Tick, Trick und Track wirbelten herum. Sofort richteten sie ihre Lichtstrahlen in die Richtung, aus der die Geräusche gekommen waren. Dadurch drehten sie Skipper den Rücken zu.

»Jetzt!«, zischte Skipper.

Sie schlüpfte unter dem Tischtuch hervor, kroch auf allen Vieren hinter eine der mächtigen Säulen und presste sich mit dem Rücken in eine Schattennische. Im Restaurant flackerten die drei Lichtkegel ungeordnet durcheinander.

»Wo ist er!«, kreischte Tick. »So schnell kann er nicht abhauen!«

Die Ablenkung hat funktioniert. Vorerst zumindest.

Skipper atmete durch. Wenn sie das Stockwerk verlassen konnte, gewann sie etwas Zeit, um einen weiteren Plan zu schmieden.

Skipper entschied sich für die Seitentreppe direkt vor der Sonderausstellung. Sie holte tief Luft, sprang auf und rannte los.

– 19 –

Vergeblich!

Drei Lichtstrahlen waren zu viel. Skipper hatte noch nicht einmal die erste Stufe erreicht, da blendete sie einer der Lichtkegel frontal.

»Tick! Track!. Ich hab ihn!«, schrie Trick.

Es dauerte wenige Sekunden, bis Skipper wieder einigermaßen sehen konnte. Die Laufschritte der Gangster kamen schnell zu ihr herüber. Damit gab es nur mehr eine Fluchtrichtung: nach unten, in die Eingangshalle.

Wie vom Teufel besessen hastete Skipper die Treppe hinunter. Jetzt zahlte sich der regelmäßige Sport aus! Laufen, Liegestütze, Kniebeugen ...

Tick, Trick und Track eilten hinter ihr her, konnten sie aber kaum einholen, sie war zu flink für die erwachsenen Ganoven.

Sekunden später schlitterte sie auf den Marmor der Eingangshalle - und prallte in den Kerl, der die Eingangstür im Auge behielt.

»Ah!«, stieß der Gangster hervor. Er schlug mit dem Gesicht voran gegen die Glastür und brauchte einige Augenblicke, um zu begreifen, was soeben passiert war.

»Zorro! Schnapp ihn dir!«, kreischte Tick von der Treppe her.

Skipper reagierte schneller, als Zorro die Situation überblicken konnte. Sie sprang auf die Beine, entschied sich für die Treppe, die nach unten zu den Werkstätten und dem Shop führte, und sprintete los.

Ihr blieb keine Sekunde, um durchzuatmen. Schon hörte sie wieder Ticks Stimme hinter sich.

»Schneller! Schneller!«

Schon trampelten schwere Schritte die Stiege herunter. Skipper entdeckte die Tür zu den Werkstätten. »Bitte sei offen!«, flehte sie innig. Sie rannte auf die Tür zu und drückte auf die Klinke - und die Tür öffnete sich.

Skipper huschte durch die Tür und schloss sie hinter sich. In der Künstlerwerkstatt war es stockdunkel. Sie aktivierte das Display ihres Smartphones, um wenigstens die nähere Umgebung nach dem absuchen zu können, was sie brauchte. Fand sie keinen, saß sie endgültig in der Falle.

Fahrig schwenkte sie das schwache Licht hin und her.

Da! Herrgott sei dank!

Sie griff sich den Stuhl, der hinter einem Malertisch stand und klemmte die Lehne so fest sie konnte am Türblatt anliegend unter die Türschnalle. Er blockierte jetzt die Tür, aber nicht die Klinke. Dann erlosch ihr Telefon. *Jetzt denkt euch bitte das, was ihr euch denken müsst*, hoffte Skipper inständigst.

»Hier unten kann er uns nicht mehr entwischen!«, rief Tick draußen am Flur. »Er ist von selbst in die Falle gekrochen!«

Im selben Augenblick rüttelte jemand heftig an der Tür. Die Klinke wurde heftig gedrückt - mehrmals hintereinander. Der Stuhl ruckelte, hielt dem Druck von außen jedoch stand. Wieder bewegte sich die Türklinke.

»Hier ist abgeschlossen!«, rief Tick vor der Tür. »Er muss im Shop oder in den Toiletten sein! Los, nachsehen!«

Die Laufschritte entfernten sich, zwei Türen schlugen zu. Dann war es draußen am Gang still.

»Jetzt bleiben mir nur Sekunden«, keuchte Skipper. Sie riss den Stuhl unter der Türklinke zur Seite, öffnete die Werkstatttür einen Spaltbreit und lugte kurz hinaus. Die Luft war rein. Sie rannte los.

Außer Atem stolperte Skipper die Treppe hoch. Im Eingangsbereich vergewisserte sie sich mit wenigen Blicken, dass sie auch hier keinem der

Verbrecher in die Arme lief. Sie spähte schnell nach links, dann nach rechts - niemand.

Sie sprang die nächste Treppe hinauf und lief dann in den Saal mit der *Ägyptischen Sammlung*. Im schwachen Mondlicht erkannte sie Sarkophage. Sie standen in hohen Wandschränken aus Glas. Die goldenen und steinernen Gesichter der Pharaonen starrten leblos auf Skipper herab. Aber sie kümmerte sich nicht weiter um die interessante Geschichte, die es hier zu entdecken gab. Skipper war auf der Suche nach einem Versteck, das ihr ausreichend Schutz bot.

Nach kurzer Überlegung kletterte sie in einen offenen Stein-Sarkophag, der sie an eine hohe Badewanne erinnerte. Die Wände waren mit ägyptischen Schriftzeichen und Symbolen beschrieben. Normalerweise würde sich Skipper für die Bedeutung jedes einzelnen Zeichens interessieren. Aber nicht heute.

Sie kauerte sich in eine Ecke des steinernen Sarges und atmete tief, um sich etwas zu beruhigen. Ihre Hand schmerzte noch immer. »Hoffentlich verraten mich nicht noch mehr Blutflecke«, dachte Skipper bei sich. Sie betupfte die Wunde mit dem rechten Zeigefinger. Erleichtert stellte sie fest, dass das Blut in der Socke schon eingetrocknet war.

Was jetzt?

Von Luke und Professor Potter fehlte seit geraumer Zeit jede Spur. »Ich kann nur hoffen, dass den beiden nichts Schlimmes zugestoßen ist«, murmelte sie in sich hinein. Dex war sicher noch im Aufzug gefangen. Er konnte nicht einmal wissen, dass der Museumsbesuch eine böse Wendung genommen hatte. »Ich muss Dex irgendwie erreichen und ihn über die gefährliche Lage informieren. Dex fand bestimmt eine Lösung. Ihm, dem Pfadfinder und Naturburschen, fiel immer eine List und ein Ausweg ein.«

Näherkommende Schritte rissen Skipper aus ihren Überlegungen. Sie drückte sich noch weiter in die Ecke und horchte. Kein Zweifel: nur eine Person. Die Gangster hatten sich offenbar in mehrere Suchtrupps aufgeteilt. Zu Skippers Vorteil war das Museum riesengroß. So ein Gebäude durchsuchte man nicht in ein paar Minuten. Und schließlich wussten die Kerle nicht, wohin sie geflohen war.

Die Schritte wurden lauter, kamen auf den Eingang zum Ägyptischen Saal zu. Jetzt stoppten sie.

Skipper hielt den Atem wieder an.

Klack. Klack ...

Die Schritte gingen weiter.

Skipper wartete, bis sie das Klacken nicht mehr

hörte. Sie erhob sich und spähte über den Steinrand hinweg zum Saalausgang.

Niemand auszumachen.

Sie stieg aus dem Sarkophag, schlich zum Ausgang und beobachtete die Umgebung. Keine Schritte, keine Geräusche. Draußen am Korridor, schräg rechts vor ihr, erkannte sie im Dämmerlicht die graue Stahltür zum Lift. Skipper vergewisserte sich noch einmal, dass niemand in der Nähe war.

Freie Bahn.

Sie schlich zum Fahrstuhl hinüber, zwängte ihre Finger in den Spalt der Flügeltür und zog daran, so fest sie konnte. Die Tür glitt widerspenstig auf. Skipper kniete nieder und blickte in den dunklen Schacht hinunter. Direkt unter ihr, es waren vielleicht zwei Meter, steckte die Kabine fest.

Skipper wollte gerade vorsichtig nach Dex rufen, da packte sie jemand, wirbelte sie herum und presste ihr eine Hand auf den Mund.

– 20 –

Wie immer tauchten die dunklen Bilder verschwommen vor Dex' Augen auf.

10:00 Uhr am Abend. Er stand im Bad, das sich an sein Zimmer anschloss, und putzte gerade die Zähne.

Zur gleichen Zeit bog draußen dieser schwarze Toyota in die Wohnstraße ein. Die Scheinwerfer erloschen, der Motor starb ab und lautlos parkte der Wagen direkt an der Gartenmauer.

Eine Gestalt zog sich eine Wollmaske über das Gesicht, kletterte auf das Autodach und von dort über die Mauer in den Garten hinein.

Sekunden später folgte wie immer das Narbengesicht seinem Komplizen - ebenfalls schwarz gekleidet, wie die Nacht.

Gebückt schlichen die beiden Gestalten durch den Vorgarten und direkt auf das Wohnhaus zu. Sie durften unter keinen Umständen gesehen, schlimmer noch, erkannt werden. Sie wussten, dies war ihre letzte Chance, um nicht selbst zum Opfer ihres Bosses zu werden.

Sekunden später schlichen sie bereits die außen liegende Wendeltreppe zur Terrasse hoch, neben der sich Dexters Zimmer befand.

»Der Bursche ist unsere letzte Chance«, flüsterte Nummer 1. »Wir jagen ihm zuerst richtig Angst ein, dann verschwindet er heute Nacht spurlos, kapiert?«

Nummer 2 nickte stumm.

»Sorg mit deinem Tritt dafür, dass er garantiert hinfällt!«

Nummer 1 griff in die Innentasche seiner schwarzen Lederjacke und zog zwei finderdicke Holzröhrchen samt Federpfeil heraus. Er schraubte die Teile zusammen, und klettete den Laserpointer oben drauf. Dann griff er in die Seitentasche und zog dieses Fläschchen hervor, auf dessen Etikett ein Totenkopf gemalt war.

Vorsichtig tränkte er die winzige Pfeilspitze in die grüne Flüssigkeit, dann steckte er den Pfeil in das Blasrohr. Eine schnelle Kontrolle noch des Laserpointers als Zieleinrichtung: der rote Laserstrahl und der rote Punkt dazu an der Wand.

Ein Fingerschnippen. »Los!«

Flink sprang Nummer 1 auf die Terrasse hinüber und wartete dort auf Nummer 2, der jetzt mit einem dumpfen Aufprall landete.

»Mam? Dad? Seid ihr das?«, rief Dexter noch, als ihn diese Geräusche im Zimmer aufhorchen ließen.

Aber keine Antwort.

»Einbrecher!«, schoss es ihm durch den Kopf, und er drehte sofort den Schlüssel, um Zeit zu gewinnen.

Dexter wusste aus dem Survival-Kurs der Polizei, dass er einen Einbrecher auf keinen Fall zu einer Kurzschlusshandlung treiben durfte. Er überlegte fieberhaft.

Das Telefon: Ist es außerhalb der Hörweite des Einbrechers, dann alarmiere die Polizei und flieh, wenn dir Zeit bleibt. Ist das Telefon aber nicht außer Hörweite, bring ich mich selbst in Gefahr, falls er mich hört.

»Mist!«, fluchte er. »Kein Handy dabei im Bad.«

Also verstecken: Verstecke dich nur, wenn der Eindringling dich nicht gehört und gesehen hat, und er weiß, wo er seine Beute findet. Du merkst das sofort. Er geht dann direkt darauf zu, um keine Zeit zu verlieren. Muss er die Beute aber erst suchen, kann er im Versteck dich entdecken. Und sofort die Gefahr von - Angst, Panik, Kurzschlussreaktion!

»Welche Beute denn? In meinem Zimmer gibt es nichts Wertvolles. Da bin nur ich -« Dexter stockte der Atem, als er verstand: der Bauplan!

Er spähte durch das Schlüsselloch, konnte aber nichts erkennen. In seinem Zimmer brannte zu diesem Zeitpunkt bereits kein Licht mehr.

Einsperren: Sperre dich nur ein, wenn du Hilfe rufen konntest. Und wenn deine Türverriegelung - vielleicht der Stuhl unter der Klinke - auch den stärksten Angriffen des Gegners standhält. Und das so lange, bis die alarmierte Hilfe bei dir eingetroffen ist. Erwischt er dich früher, kann's passieren, dass er dich zu seinem eigenen Schutz gefangen nimmt. Sprich in diesem Fall mit dem Kerl, das beruhigt euch beide. Und tu alles, was er von dir verlangt. Vielleicht ergibt sich dadurch - im Moment einer Unachtsamkeit - die Chance für deine Flucht. Flucht ist dein Ziel! Nicht den Fernsehhelden zu spielen.

Plötzlich zuckte Dexter zusammen und biss sich in die Unterlippe. Jemand riss, zerrte und pochte an der Tür neben ihm.

Besteht keine, all dieser Möglichkeiten, dann musst du den Gauner selbst überlisten. Und zwar, indem du ihn in eine Falle lockst, wenn er sich im selben Raum befindet wie du. Dein Vorteil ist die bessere Zimmerkenntnis - also, wo steht was. Du kannst dich daher viel schneller fortbewegen als er. Mach deshalb in der Nacht kein Licht. Dein

Schatten könnte dich verraten. Und such dir zuvor einen harten Gegenstand als Schlagwaffe. Ein hart gebundenes Buch ist völlig ausreichend, um dem Kerl mit einem Schlag gegen sein Schienbein ablenkende Schmerzen zuzufügen - und Flucht!

»Wo zum Teufel noch mal soll ich denn im Badezimmer eine Schlagwaffe hernehmen?« Dexter sah sich nach allen Seiten um, und da fiel sein Blick auf eine Dose mit Insektenspray. »Okay«, sagte er. »Wenn du mich kriegen willst, dann musste du mir ja zumindest einmal gegenübertreten und dabei direkt in die Augen schauen.«

Er tastete sich, so leise er konnte, zum Schalter vor und knipste jetzt das Licht aus. Nun konnte er sich nur mehr auf seine Ohren verlassen.

»Wann ist der richtige Angriffszeitpunkt?«, fragte sich Dexter noch schnell.

Wenn der Gegner dich nicht sehen kann. Du also hinter ihm stehst, oder er an dir vorüber geht. Versuchst du ihn, wenn vorhanden, mit einer Taschenlampe zu blenden, auch dann siehst du ihn, er dich geblendet jedoch nicht. Nimm aber beim Blenden, als Rechtshänder, die Taschenlampe nur in deine linke, die schwächere Hand. Und halte sie beim Blenden seitlich von dir weg. In praktisch allen Fällen richtet ein Einbrecher seine

Reaktion auf die Lichtquelle - und somit an dir vorbei!

Aber gut, auch ohne eine Taschenlampe. Es musste irgendwie klappen!

Dexters Augen waren in der Zwischenzeit an die Dunkelheit gewöhnt. Vorsichtig öffnete er nun die Badezimmertür, und langsam schwang diese direkt vor ihm auf. Er presste sich mit dem Rücken gegen die Wand. Dabei umklammerte er die Spraydose so fest, er glaubte, er könnte sie jeden Moment eindrücken. Er schob den Kopf ein Stück vor und spähte hinaus in sein Zimmer.

Doch wie merkwürdig? Plötzlich herrschte dort Stille. Nichts. Niemand.

Er beschloss deshalb, sich zur Zimmertür hinüberzuschleichen und von dort dann auf den Gang hinaus zu flüchten.

»Jetzt!« Dexter sprang auf, machte einen Schritt vorwärts, da stieß er sofort auf einen Widerstand. Ein Fußtritt! Genau gegen seinen Knöchel. Dexter schrie im gleichen Augenblick auf und stürzte - kopfüber, direkt hinein in die Finsternis. Seine rechte Hand knallte gegen einen Bücherstapel, der laut polternd umkippte. Er spürte, wie die Spraydose seinen Fingern entglitt und er hörte sie in die Dunkelheit davonrollen.

Dexter wollte gerade nachfassen, da blendete ihn ein roter Laserstrahl. Ein Lichtpunkt traf genau seine Brust.

Dexter riss schützend beide Arme vors Gesicht. »Wer sind Sie, was wollen Sie von mir!«, rief er noch blind in die Finsternis hinein. In panischer Verzweiflung warf er sich zur Seite und versuchte, hinter dem Sofa, den allerletzten Schutz noch einmal zu finden ...

»Was ... Was war das?« Ein Geräusch über ihm schleuderte Dex aus seinem Albtraum zurück in die Wirklichkeit der dunklen Liftkabine. Sein Kopf brummte, als er aufwachte und merkte, dass er eingenickt war. Warum nur quälte ihn sein Unterbewusstsein seit dem Raubüberfall auf sein Elternhaus immer wieder mit diesen düsteren Bildern? Im Moment hatte er doch wohl dringendere Probleme zu lösen. »Ich muss was unternehmen«, sagte er sich. »Mir kommt dieser Stromausfall irgendwie seltsam vor. Luke und Skipper müssten längst hier sein.«

Dann kam Dex eine Idee.

– 21 –

»Okay, es ist Zeit, selbst etwas zu unternehmen und aus dem Aufzug zu verschwinden«, spornte Dex sich an.

Er holte sein Smartphone aus der Hosentasche und aktivierte die Taschenlampe. »Dachte ich mir doch. Ein Notausstieg«, murmelte Dex, als er zur Decke der Liftkabine leuchtete. Mit einer Hand hielt er das Handy, mit der anderen versuchte er, die Deckenplatte mit den eingebauten Lichtern zu erreichen. Doch er konnte die Metallplatte nicht anheben, die Kabine war zu hoch.

Dex nutze den Handlauf in der Kabine. Mit beiden Beinen kletterte er auf die Haltegriffe und stützte sich an den Seitenwänden ab. Nun konnte er die Abdeckung erreichen. Mit beiden Händen drückte er gegen die Platte. Sie bewegte sich nicht. »Das Ding ist verschraubt«, murrte er. »Also kein Notausstieg, vermutlich ein Zugang für die Servicetechniker. Kein Problem.«

Dex griff in die andere Jeanstasche und zog sein Schweizer Taschenmesser hervor, das über einige

Funktionen wie Schere, Schraubenzieher und Dosenöffner verfügte. Einen Pfadfinder, Tramper oder Camper ohne dieses Supermesser gab es nicht. Dieses einmalige Ding konnte in fast jeder miesen Lage hilfreiche Dienste leisten.

Er begann, Hand an die Schrauben zu legen. Mit nur einer Hand fiel das schwerer als gedacht. Immer wieder rutschte der Schraubenzieher ab, wenn er fester gegen den Schraubenkopf drückte.

Nach rund drei Minuten fiel die letzte Schraube auf den Kabinenboden.

»Na, wer sagt's denn«, grinste Dex zufrieden. Er steckte das Messer weg und drückte wieder gegen die Deckenplatte. Nun ließ sie sich anheben. Dex drehte sie und zog sie in die Liftkabine herab. Sein Blick fiel auf ein Metallgitter, an dem LEDs befestigt waren und verschiedenfarbige Kabel verliefen. »Tut mir leid, aber ihr müsst wohl alle dran glauben«, murmelte er.

Dex warf einen schnellen Blick auf den Ladestand des Akkus in seinem Telefon. Rot! Lange würde das Ding nicht mehr funktionieren. Dann saß er endgültig im Dunkeln fest.

Beeil dich, Dex!

Diesmal nutzte Dex die Schere seines Outdoor-Messers. Er setzte sie an eines der Kabel.

»Ich hoffe, der Strom ist wirklich überall ausgefallen«, sagte er.

Schnapp!

»Uh!«

Kein Strom in den Leitungen.

Er schnitt das zweite Kabel durch. Das dritte folgte, dann das vierte ... Er hatte noch vier Leitungen zu durchtrennen, da fiel die Taschenlampe aus. »Mist!«, fluchte Dex. Blind tastete er nach den verbleibenden Stromleitungen. Seine Schultern brannten vom Hantieren über Kopf. Er griff gerade nach dem nächsten Kabel, als ...

Was war das?

Dex lauschte.

Da war es wieder.

Ein Geräusch. Ein leises Knirschen. Kein Zweifel, es kam aus dem Fahrstuhlschacht - direkt über ihm.

»Luke und Skipper«, keuchte Dex. »Sie haben mich gefunden. Na endlich!«

Dex wollte sich gerade bemerkbar machen und nach seinen Freunden rufen, da hielt er plötzlich inne. »Keine voreiligen Schlüsse, Dexter«, mahnte er sich selbst zur Vorsicht. »Warte lieber ab, bis deine Freunde dich rufen. Irgendwie ist das merkwürdig, dass sie so lange brauchten, um dich zu finden. Sie wussten doch, dass du in den Lift gestiegen warst.«

Ein ungutes Gefühl beschlich ihn.

Niemand rief seinen Namen.

Er hörte ein Poltern über ihm. Gefolgt von so etwas wie einem Handgemenge. Kurze Stille folgte, dann flüsterten Stimmen, die er nicht verstehen konnte.

– 22 –

Als Skipper herumgerissen wurde, verspürte sie den Drang, einen Karateschlag anzubringen. Aber eine weiche Stimme hielt sie davon ab.

»Pssst!«

In der dunklen Schattennische konnte sie nicht erkennen, wer da vor ihr stand und sie mit dem Rücken gegen die Wand drückte. »Was ... Wer ...«

»Still!«, zischte die Stimme. Sie dürfen uns nicht hören.«

Skipper versuchte, sich den starken Händen zu entwinden. Aber diese hielten sie an den Schultern fest umklammert wie ein Schraubstock.

»Du hast nichts zu tun mit dieser Gangstertruppe, stimmt's?«

»Die jagen mich«, flüsterte Skipper. »Aber sie kriegen mich nicht!«

Der harte Griff an ihren Schultern löste sich. »Keinen Laut!«

»Wer sind Sie?«, fragte Skipper so leise, dass ihr Gegenüber die Worte kaum verstehen konnte. Sie versuchte, den Mann vor ihr erkennen zu können.

Unmöglich. Beide waren sie in der Finsternis nicht mehr, als zwei Schatten, die mit der Schwärze der Nacht verschmolzen.

»Kilian Schwarz mein Name«, erklärte er knapp. »Ich leite die Kreativdirektion des Museums. Bin zuständig für visuelle Medien wie Werbefilme, Prospekte, Internet ...«

»Kreativdirektor?«, fragte Skipper erstaunt.

»Schnell weg, sie können jeden Moment hier aufkreuzen!«

»Okay, okay. Wie lange sind Sie schon im Gebäude? Wissen Sie, was sich hier abspielt?«

»Ich weiß nur so viel: Ich machte in meinem Büro Überstunden. Der Online-Katalog für die Sonderausstellung ›Schätze der Menschheit‹ ist noch nicht ganz fertig, muss aber morgen um sieben Uhr im Netz abrufbar sein. Um 21:07 Uhr fiel plötzlich der Strom aus. Ich saß vor einem schwarzen Bildschirm. Ich wollte nachsehen, was da los ist und erkannte schnell, dass sechs Personen in das Museum eingedrungen sind. Ich wollte die Polizei verständigen. Aber hier drinnen läuft ohne Strom nicht mal der Eierkocher für's Frühstück. Dann wurde mir klar, dass Simon Potter und ihr drei auch hier seid. Ich wollte niemanden durch falsche Handlungen gefährden, also hielt ich mich versteckt und beschloss, auf eine gute Gelegenheit zu warten, um zu fliehen. Aber dann mahnte mich meine Erziehung, euch nicht im Stich lassen zu dürfen.«

»Wir müssen irgendwie Hilfe holen«, flüsterte Skipper.

»Gleich. Zuvor müssen wir den Codex Manesse verstecken. Falls wir den Gangstern in die Hände fallen, ist das Buch unsere Lebensversicherung. Bevor sie den Codex nicht haben, brauchen sie uns.«

»Wie kommen Sie ausgerechnet darauf, dass ich den Codex an mich genommen habe?«

»Ich hab die kaputte Vitrine gesehen. Gib mir das Buch. Wir brauchen eine Absicherung, das Museum können wir so schnell nicht verlassen. Ich hab nur den Schlüssel für das Hauptportal dabei, und das wird von diesen Kerlen, die sie Zorro und Batman nennen bewacht. Du hast doch die Schauvitrine zerschlagen, oder?«

»Ja, ich hab den Codex genommen, um ihn in Sicherheit zu bringen.« Skipper öffnete den Reißverschluss ihres Rucksacks und zog das wertvolle Liederbuch heraus. Skipper wunderte sich für einen Augenblick selbst, woher sie die Coolness genommen hatte, die Vitrine zu zerschlagen und den Codex Manesse zu beschützen.

»Ich muss sagen, du hast wirklich einen Sinn für Kunst«, flüsterte Kilian. »In deiner Lage dieses Buch mitzuschleppen ... Alle Achtung. Ich bring den Codex in ein absolut sicheres Versteck.« Kilian Schwarz griff nach dem Buch, aber Skipper überließ es ihm nicht.

»Ich kenne Sie nicht. Wer garantiert mir, dass Sie kein falsches Spiel mit mir treiben?«

»Garantien sind in unserer miesen Lage ein Luxus, den es nicht gibt«, flüsterte Kilian. Allmählich klang er nervös. »Simon Potter wird dir bestätigen, dass ich für das Museum arbeite, wenn das hier erst mal vorbei ist. Bis dahin musst du mir vertrauen. Ich bin in eurem Team!«

»Das kann jeder behaupten.«

»Hör zu: Erwischen sie dich mit dem Codex, bist du erledigt. Du bist ein Zeuge. Und Zeugen sind eine Gefahr. Und Gefahren werden ausgeschaltet. Das sind Profis!«

Skipper spürte, wie ein beklemmendes Gefühl in ihr hochstieg. Da hatte Kilian vermutlich recht.

»Solange sie den Codex Manesse nicht haben, brauchen sie uns, um ihn zu finden. Die Gemälde rauben sie nicht, die sind zu groß, zu schwer zu transportieren und kaum zu verkaufen,«, setzte Kilian aufgeregt nach. »Anders beim Codex. Das

Buch ist klein und kann unter der Hand an einen Kunstsammler verkauft werden. Ohne den Codex und die Millionen, die er wert ist, verschwinden die niemals von hier. Gib schon her, die können jeden Moment auftauchen!«

»Sie klingen ja wie ein Hellseher. Woher wissen Sie das ...«

Skipper brachte den Satz nicht zu Ende.

Schritte näherten sich.

»Los, weg hier!«, zischte Kilian.

Skipper dachte eine Sekunde zu lange über einen Fluchtweg nach. Es passierte blitzschnell. Kilian entriss ihr den Codex, rannte los und war im selben Augenblick um mehrere Ecken in der Dunkelheit verschwunden.

Schritte.

Skippers Gedanken überschlugen sich. Sollte sie Kilian nachlaufen? Nein. Die Tür zum Liftschacht stand offen.

Schritte. Näher.

Die offenstehende Tür würde Dex verraten!

Lautere Schritte.

Dex! Sie formte mit den Händen einen Schalltrichter um ihren Mund, in der Hoffnung, dass Dex ihr Flüstern hören konnte. »Ich komm zurück, Dex!«

Skipper schob die Tür zum Schacht zu.
Klack. Klack. Klack ...
Merkwürdig, wie man die Angst verliert, wenn man auf der Flucht ist, dachte sie. Man hat gar keine Zeit, sich zu fürchten. Sie nutzte die Dunkelheit und schlich in ihren Steinsarkophag zurück.
Schritte, Schritte, Schritte ...

– 23 –

Simon Potter saß wie tot, mit herabhängenden Armen und nach vorne auf die Brust gesacktem Kopf, auf dem Stuhl. Ich machte mir wirklich ernsthafte Sorgen um seinen Gesundheitszustand. Gut möglich, dass ihm Yodas Schlag auf den Kopf eine innere Verletzung zugefügt hatte und er dringend einen Arzt brauchte. Mir war auch klar, dass ich im Moment nichts für den Professor tun konnte.

»Wo bleiben die nur?«, knurrte Yoda, während er nervös an seiner Pistole herumfingerte. Zwischendurch stand er immer wieder auf, ging zur Tür und warf einen kurzen Blick nach draußen.

Ihr seid viel zu langsam für Skipper, dachte ich bei mir. Ich musste innerlich lachen. Gut so, Skipper, weiter! Aber nur auf Skipper zu hoffen, war zu wenig. Ich musste selbst etwas unternehmen. Wer nichts unternimmt, hat von vorneherein verloren, sagt Dad immer.

Mein Blick fiel auf ein Schaltpult - eingelassen in die Holzplatte eines kleineren Schreibtisches. Daneben standen Monitore, Computertastaturen und ein Mikrofon. Unauffällig näherte ich mich dem Steuerfeld, das über einige Knöpfe, Schalter und Schieber verfügte. Yoda stand noch immer halb im Korridor draußen, wandte mir den Rücken zu.

Ich vermutete, von hier aus lenkte und überwachte die Security die Sicherheit des Museums. Die Knöpfe und Schalter waren mit Nummern beschriftet. Unmöglich herauszufinden, wozu sie dienten. Bestimmt regelten sie Überwachungskameras, die Klimaanlagen in den Sälen, Beleuchtung und - den Lift.

Der Lift! Mir schoss ein Warnschild in den Sinn: ›Aufzug im Brandfall nicht benutzen‹. Klar! Es musste so sein! Ich warf ein Stoßgebet zum Himmel, dass ich mich nicht irrte.

Für den Fall, dass im Museum Feuer ausbrach und jemand im Aufzug festsaß, musste es eine vom System abgekoppelte Notfallleitung geben. War jemand im Aufzug gefangen, musste er sich unbedingt bemerkbar machen können, unabhängig von der Stromversorgung. Per Notruf mit Akku!

Das Mikro war über ein dünnes Kabel mit Eingang 1 des Steuerpultes verbunden. Input 1 verfügte über nur einen Druckschalter. Das konnte nur die Taste sein, die zu drücken war, wenn man mit den Insaßen der Liftkabine Sprechkontakt herstellte. Ließ man die Taste wieder los, konnte die andere Seite reden - eine Gegensprechanlage, die wie Funk zu handhaben war.

Meine Chance!

Ich blickte zu Yoda hinüber. Noch immer musterte er den Gang, knurrte irgendwas vor sich hin. Er schien sich voll und ganz darauf zu verlassen, dass mir die Pistole genügend Angst einjagte, um nichts zu unternehmen. Was sie ehrlich gesagt auch tat. Aber da schlummerte diese andere Seite in mir. Eine Seite, die ich wohl von Großvater und Dad geerbt hatte: Bist du hoffnungslos unterlegen, dann gib wenigstens nicht kampflos auf!

Das tu ich nicht! Ich verspreche es euch! Ich heiße wie ihr Lobec.

Eine Gegensprechanlage. Aber wie konnte ich es anstellen, ohne dass Yoda meinen Plan durchschaute? Ich brauchte einen Gegenstand, der ausreichend schwer war. Mein Blick huschte über den Schreibtisch - und blieb an einem dicken Buch, *Die Wahrheit über Derek Foster* hängen. Das könnte klappen!

»Beeilt euch!«, brüllte Yoda gereizt in die Hallen hinaus.

Unauffällig, Yoda ständig im Auge behaltend, hob ich das Buch an und legte es auf die Sprechtaste des Pultes. Ein kleines grünes Licht, nicht größer als ein Stecknadelkopf, leuchtete am Mikrofon auf. Die Notrufanlage war aktiv.

Perfekt! Um nicht zu sagen, genial, freute ich mich innerlich.

»Diese Idioten sind zu nichts zu brauchen!«, fluchte Yoda, schlug die Bürotür zu und setzte sich wieder hinter den Schreibtisch. »Steh hier nicht dumm rum! Kümmere dich um deinen Professor!«, keifte er mich an.

Schnell schob ich das Mikro vor und bog es unmerklich zur Seite in eine Grünpflanze, die auf dem Schreibtisch stand. Das grüne Licht wurde jetzt von den Blättern der Topfpalme verschluckt.

»Was tust du da?«, zischte Yoda. »Interessiert dich dein Professor nicht mehr?«

– 24 –

Durch das Echo im Liftschacht klangen die Worte zwar verzerrt, aber doch deutlich genug, um sie zu verstehen.

»Ich komm zurück, Dex!«, wurde über ihm geflüstert.

Dex bewegte sich nicht, um die Worte nicht durch eigene Geräusche zu stören. Er lauschte angespannt. Keine weiteren Worte drangen zu ihm herab. Stattdessen hörte er, wie es im Schacht über ihm knirschte. Jemand schloss offenbar die Tür zum Aufzugschacht.

Sekunden später war alles wieder still.

Dex wartete einige Augenblicke, dann atmete er durch. »Verdammt!«, seufzte er. »Wir haben ein riesiges Problem, wenn ich richtig kombiniere. Ich muss unbedingt hier raus. Und verflucht aufpassen, diesen Gangstern nicht in die Arme zu laufen. Sie wissen nichts von mir, ich bin im Vorteil - jedenfalls hoffe ich das. Skipper haben sie auch nicht erwischt - super Skipper! Aber Luke und der Professor könnten sie als Geiseln gefangen halten.«

Luke würde uns niemals verraten!

Dex überlegte weiter: Die Kerle konzentrieren sich auf die Exponate der Ausstellung und auf Skipper. Ich kann also in Ruhe von hier verschwinden. Skipper, Kilian und ich. Immerhin sind wir dann schon mal drei gegen sechs.

Dex stieg wieder auf den Handlauf. Unter großer Anstrengung versuchte er, die Kabelstränge zu beseitigen, um an die Ausstiegsluke zu gelangen. In der Dunkelheit eine doppelt schwere Aufgabe. »Mach schon, Dex«, trieb er sich vorwärts. »Mit Skipper zusammen ist es ein Kinderspiel, das Museum zu verlassen.«

Ein Gedanke ließ Dex trotz all seiner Bemühungen nicht los: was geschah um 21:07 Uhr? Wie konnten diese Gauner die komplette Stromversorgung des Museums lahmlegen? Jedes Museum ist mehrfach abgesichert, verfügt über ausgeklügelte Sicherheitssysteme. Irgendjemand muss hier ziemlich gut über das Gebäude Bescheid wissen! Das ist die einzige Erklärung.

Drei Minuten später hatte Dex die Kabelstränge weit genug zur Seite geschoben. Er tastete über die Abdeckplatte und konnte einen rechteckigen Rand spüren. Er tastete weiter und berührte etwas länglich Rundes, vielleicht einen halben Meter lang.

Keine fünf Handbreit daneben griff er noch ein Metallrohr.

»Könnte tatsächlich eine Art Notfall-Luke zum Aussteigen sein. Wie im Dach eines Autobusses«, murmelte Dex.

Er umklammerte einen der runden Griffe und drückte fest dagegen. Mit einem dumpfen Geräusch schnappte die Luke auf. Dex hob den zweiten Griff an, dann ließ sich die Abdeckung an zwei Scharnieren komplett aufklappen wie ein Buchdeckel.

Aus dem Liftschacht drang nichts weiter in die Kabine als tiefschwarze Dunkelheit.

»So weit, so gut«, sagte sich Dex. »Jetzt brauch ich nur noch rausklettern, die Serviceleiter hochsteigen zur Etagentür und weg von hier.

Er schob beide Arme durch die Luke, setzte die Ellbogen auf und hievte sich durch die enge Öffnung. Seine Hände suchten das Seil, an dem die Kabine hing, dann stand er auf. Die Aufzugkabine wackelte unter seinen Füßen, als stünde er auf einem weichen Sofa.

Dex hielt sich mit einer Hand an den Stahlseilen fest, an denen die Kabine frei im Schacht schwebte. Mit der anderen Hand erkundete er die Umgebung. Kalte Betonwände umfingen ihn.

Führungsschienen aus Metall sorgten dafür, dass sich die Fahrstuhlkabine nicht im Schacht verkeilte.

Plötzlich schoss Dex eine Szene durch den Kopf, die er in zahlreichen Kinofilmen schon gesehen hatte: Jemand kämpft sich aus dem Notausstieg eines Aufzuges, in dem Moment kehrt der Strom zurück und die Kabine fährt bis in das oberste Stockwerk!

»Beeil dich, Dex!«, trieb er sich an.

Er konnte jedoch keine Steigbügel in der Schachtwand ertasten. Wartungen wurden hier offensichtlich von der Kabine aus durchgeführt. Ihm blieben also nur die vier daumendicken Stahlseile. An ihnen musste er versuchen, hochzuklettern.

»Na dann los!«

Die vor ihm liegende Aufgabe erinnerte Dex an das Survival-Training, das er letzten Sommer im Feriencamp in Kanada mitgemacht hatte. Klettern - ob auf Bäume, Felswände oder durch enge Schluchten - stand dort auf der Tagesordnung. Doch das hier war etwas ganz anderes. Und das aus einem logischen Grund ...

Erst jetzt, da seine Aufmerksamkeit auf den Seilen lag, merkte Dex, dass seine rechte Hand glitschig war - glitschig und beschmiert, als versuche er, einen schleimigen Aal festzuhalten. »Verflucht! Fingerdick Schmieröl und Fett!«, ärgerte er sich.

»Das kann ja heiter werden!«

Entschlossen packte Dex mit beiden Händen ein Seil. Um besseren Halt zu finden, schlang er sein rechtes Bein zusätzlich um den Stahl. Dann zog er sich nach oben.

Er schaffte keinen halben Meter. Das schmierige Öl, das fettig an den Seilen klebte, ließ ihn immer wieder abrutschen. Je öfter er probierte, vorwärtszukommen, desto weniger gelang es ihm. Die Kraft in seinen Fingern und Händen ließ von Versuch zu Versuch mehr und mehr nach. Außerdem, wie sollte er, falls er die Etagentür am Seil hängend erreichte, diese öffnen? Wo sollte er dazu ausreichend festen Halt finden?

»Ich vergeude sinnlos Zeit und Kraft«, sah Dex ein. »Ich muss einen anderen Ausweg finden.«

Er kletterte zurück in die Liftkabine. Enttäuscht wischte er sich die fettverschmierten Hände an seiner Jeans ab und ließ sich zu Boden gleiten. Sekunden verharrte er still in der bedrückenden Finsternis. Seine Finger klebten und rochen nach Öl.

Du brauchst einen anderen Plan, Dex.

Ein seltsames Geräusch riss ihn aus seinen trüben Gedanken. Er hörte ein Knacken im Schacht, dann eine Stimme.

»Skipper?« Dex sprang auf und lauschte.

Doch merkwürdig.

Die Worte drangen nicht durch die offene Luke zu ihm herab. Die Quelle der Stimme lag nicht oben bei der Etagentür, wie vorhin, als Skipper und Kilian zu hören gewesen waren.

»... Interessiert dich dein Professor nicht mehr?«

Die Stimme sprach direkt hinter seinem Rücken. Sie befand sich in der Kabine!

– 25 –

»Natürlich interessiert mich der Professor«, antwortete ich. »Er braucht einen Arzt. Und das dringend. Wäre er nur leicht verletzt, müsste doch längst wieder das Bewusstsein erlangt haben.«

»Setz dich neben ihn und halt den Mund!« Yoda erhob sich erneut, blickte auf den Korridor hinaus und schloss die Tür wieder, als er von seinen Leuten nichts hörte.

»Wie konnten Sie das Museum betreten, ohne den Alarm auszulösen?«, wagte ich eine Frage.

Yoda setzte sich auf den Schreibtisch und starrte mich nachdenklich an. »Das geht dich überhaupt nichts an«, knurrte er schroff. »In deiner Situation hätte ich andere Sorgen, Kleiner.«

»Die habe ich«, gab ich ehrlich zu. »Aber ich bewundere auch, dass Sie es bis hierher geschafft haben - meine ich wirklich so.« Vielleicht konnte ich Yoda bei seiner Berufsehre packen, bei seinem Stolz.

»Hast wohl vor, die Seiten zu wechseln, was?« Er krächzte ein kehliges Lachen.

»Ich bin von Natur aus neugierig«, log ich nicht einmal.

Yoda blickte abermals zur Bürotür hinaus. Keine Spur von Rückkehrern.

»Na schön, Kleiner«, begann er, als er sich wieder in den Schreibtischsessel fallen ließ und mit einem Taschentuch seine Pistole polierte. »Ich werde dir verklickern, wie so ein Ding läuft. Das schlägt wenigstens die Zeit tot, bis diese trüben Tassen den Kerl erwischt haben ...«

Yoda schien es irgendwie zu genießen, seine Arbeit darzustellen.

»Ein Museum ist durch mehrere Alarmsysteme abgesichert. Versagt System A, schlägt automatisch System B Alarm. Alle Systeme sind direkt mit der Polizei verbunden. Bei der Stromzufuhr ist es ähnlich. Zwei oder drei Hauptleitungen versorgen das Gebäude von verschiedenen E-Werken her mit Energie. Man legt niemals alle Eier in einen Korb - altbewährtes Prinzip der Risikostreuung, wenn du verstehst, was ich meine, Kleiner.«

»Ich verstehe«, antwortete ich kurz. Ich wollte Yodas Redefluss nicht unterbrechen.

»Dieses Museum wird von drei separaten Stromleitungen mit Energie versorgt. Es dauert knapp fünf Sekunden, bis sich Stromkreis B aktiviert, wenn A versagt. Zum Beispiel falls eine Zuleitung durch eine Baustelle beschädigt wird. Legt man also alle drei Hauptleitungen innerhalb von fünf Sekunden gleichzeitig lahm - paff! - ist es finster. Kein Alarm bei den Bullen. Wie jetzt auch.«

Für Sekunden herrschte Schweigen. Yoda grinste. Er genoss es sichtlich, dass mich seine Erklärungen nachdenklich machten.

»Um drei Leitungen gleichzeitig kappen zu können, müssen Sie doch genau wissen, wo sie verlaufen und wo sich draußen die Schaltkästen befinden?«

»Du hast es erfasst, Kleiner. Diesen Teil der Abmachung erledigte die Amsel.«

»Die Amsel?«

»So nennen wir unseren Auftraggeber.«

Jetzt staunte ich doch nicht schlecht. »Erzählen Sie mir da gerade, dass Sie die millionenteuren Exponate nicht für sich selbst rauben?«

Wieder entstand eine Pause.

»Ich glaub Ihnen einiges, aber das nicht!«

»Mir ist egal, was du glaubst, Kleiner. Denkst du, ich verschwende meine kostbare Zeit damit, ein einzigartiges Liederbuch zu stehlen, das weltbekannt ist? Viel zu mühsam, dieses Ding auf dem Schwarzmarkt zu Geld zu machen. Heute schwirren überall getarnte Kunst-Detektive umher. Das Risiko ist zu groß, an so einen Kerl zu geraten - dann klicken die Handschellen, Kleiner. Da sollen sich andere die Finger verbrennen.«

»Die Amsel.«

»Erraten.«

»Als Mitwisser wandern Sie doch mit der Amsel hinter Gitter, falls sie ertappt wird.«

»Ich bin kein Mitwisser. Keiner von uns kennt die Amsel. Sie singt ihre Anweisungen und Informationen über das Telefon. Ein Wertkarten-Handy, um genau zu sein. Der Anruf kann nicht zurück verfolgt werden.«

»Sie kennen Ihren Auftraggeber nur vom Telefon her?«

Yoda nickte und blickte nervös auf die Uhr. »Die Amsel könnte neben mir stehen, ich würde sie nicht erkennen. Die Stimme verstellt sie auch immer, flirrt singend hell wie die eines Schulmädchens. Darum tauften wir den Informanten die *Amsel*.«

»Die Amsel hat Ihnen also zugesungen, wie man die Stromleitungen gleichzeitig kappt.«

Yoda hielt inne und blickte mich misstrauisch an. »Du hast genug gehört, Kleiner. Du wirst mit den Informationen ohnehin nichts mehr anfangen können ...«

Yodas letzter Satz jagte mir einen eiskalten Schauer über den Rücken. Das konnte nur bedeuten, dass ich dieses Museum nicht mehr lebend verlassen würde. Ich musste dranbleiben. Was mir nicht leicht fiel, meine Angst nahm wieder zu. Aber oft fand man zwischen den Zeilen eines Gesprächs nützliche Hinweise. Und was konnte ich sonst schon tun? »Die Amsel muss sich sehr gut auskennen mit dem Museum. Warum nimmt sie den Umweg über Sie und Ihre Leute. Sie könnte den Codex Manesse doch selbst rauben - keine Zeugen.«

»Wahrscheinlich fehlte ihr dazu der Mumm«, knurrte Yoda und blickte wieder auf die Uhr. Er wurde von Minute zu Minute unruhiger. »Für so einen Handstreich braucht es klare Gedanken und starke Nerven.«

»Da geht Ihr Auftraggeber lieber das Risiko ein, dass Sie das Buch vielleicht doch für sich behalten? Er kennt Sie doch auch nur vom Telefon.«

»Ausgeschlossen, Kleiner. Wir sind Leute mit Ehrenkodex, mit Handschlagqualität. Eigenschaften, die heutzutage leider viel zu selten geworden sind. Wer mit uns eine Vereinbarung trifft, kann sich darauf verlassen, dass wir ihn nicht reinlegen.«

»Gegenseitiges Vertrauen«, sagte ich.

»Schon mal was davon gehört?«

Und ob, dachte ich und musste an all die Geschichten denken, die mir Dad und Großvater erzählt hatten. Wer die Agentur Lobec beauftragte, konnte sich zu hundert Prozent darauf verlassen, dass der Auftrag mit allen zur Verfügung stehenden Kräften und Mitteln ausgeführt wurde - bis zum Ende.

»Die Amsel liefert sichere Informationen, damit wir nicht in den Händen der Polizei landen und bezahlt uns ausreichend. Wir liefern die Ware am vereinbarten Ort zur vereinbarten Zeit. So läuft das Spiel und nicht anders.«

»Sofern Ihnen nichts Unvorhergesehenes in die Quere kommt.« Ich hatte meine letzten Worte kaum ausgesprochen, da bereute ich sie schon.

»Wenn du damit dich und diesen Professor da meinst, ihr seid kein Hindernis, darauf gebe ich dir mein Ehrenwort, Kleiner. Und der Kerl, der da draußen rumgeistert ebenfalls nicht. Der wird tausendmal verfluchen, dass er hier eingestiegen ist.«

In diesem Augenblick näherten sich draußen Schritte.

- 26 -

Die Tür öffnete sich. Tick, Trick und Track traten in das Büro. Tick blieb wie angewurzelt stehen und riss die Augen schockiert auf, als sie Simon Potter reglos auf dem Stuhl kauern sah.

»Yoda! Hast du ihn zu den Engeln ...?«

»Nein, verdammt! Er wollte türmen, da musste ich ihn ins Land der Träume schicken. Er kommt wieder zu sich.«

Tick atmete erleichtert auf. Ein paar wertvolle Kunstgegenstände zu rauben war eine Sache, jemanden umzubringen eine ganz andere. Tick war stolz darauf, den Ruf zu genießen, zu den besten Langfingern überhaupt zu gehören. FBI, Interpol ... Sie stand so gut wie auf jeder Liste für gesuchte Gangster. Ob bei bundespolizeilichen Behörden oder bei internationalen Kommandos. Aber mit Mord wollte sie auf keinen Fall jemals etwas zu tun haben.

»Und? Wo habt ihr Mr Unbekannt kaltgestellt?«, fragte Yoda.

Track rieb sich nervös das Kinn. Trick blickte ihn dabei unsicher an. Auch Tick zögerte mit einer Antwort. Zu lange. Yoda explodierte förmlich.

»Wo?«, brüllte er aus heiterem Himmel los.

Seine scharfe Stimme brachte das Büro fast zum Erzittern.

»Wo ist der verfluchte Kerl?«

»Wir ... Wir haben ihn nicht gefunden«, gab Track kleinlaut zu.

Yoda sprang auf. So heftig, der Stuhl, in dem er gesessen hatte, kippte um und krachte gegen einen Aktenschrank. Er schnaubte vor Wut, schloss kurz die Augen, um sich in den Griff zu bekommen. Dann sagte er betont ruhig: »Kann es sein, dass ich etwas an den Ohren habe?«

»Er ist uns nicht ins Netz gegangen«, bekannte nun auch Trick.

»Was ist mit Batman? Hat der Trottel auch geschlafen? Er muss an ihm vorbei gekommen sein, wenn er versucht, aus dem Gebäude rauszukommen.«

»Kein Grund zur Sorge!«, rief Tick sofort. »Batman hat die Augen offen gehalten. Der Kerl ist noch immer irgendwo hier drinnen.«

»Wenigstens einer, auf den man sich verlassen kann«, murrte Yoda.

»Wir waren ganz knapp an ihm dran«, rechtfertigte sich Tick weiter. »Aber der Bursche ist wieselflink und clever. Er nutzt jede kleine Möglichkeit, um uns abzulenken und auf eine falsche Spur zu führen - erstaunlich listig.«

»Behalt deine dämlichen Ausreden für dich«, schnauzte Yoda sie an. »Ihr Nieten seid zu langsam für ihn!«

»In einem riesigen Gebäude wie diesem kann man sich leicht verkriechen. Früher oder später finden wir diese Ratte«, sagte Track. Seine Stimme ließ keinen Zweifel darüber, dass ihn Yodas letzter Satz beleidigt hatte.

»Früher oder später?«, keifte Yoda. »Morgen früh vielleicht, wenn die Sonne aufgegangen ist und die Polizei hier hereinspaziert?«

Betretenes Schweigen breitete sich aus.

»Ihr seid eine halbe Armee und schafft es nicht, diesen Kerl zu fassen!«, brüllte Yoda noch lauter. »Ihr Volltrotteln seid zu blöd, einem Baby den Schnuller wegzunehmen!«

»Yoda, wir ... Dieses Museum ist riesig und ...«

»Schnauze! Ihr seid Blindgänger, nichts sonst! Ab jetzt ist der Bursche Chefsache. Ich kümmere mich selbst um unseren Freund da oben. Alle kommen mit, bis auf dich Tick. Du passt auf unsere beiden Gäste hier auf. Für den Fall, dass der Professor aufwacht.«

Trick, Track und Zorro gehorchten wortlos. Ohne einen weiteren Befehl postierten sie sich vor der Tür, bereit, ihrem Boss zu folgen.

»Jetzt zeig ich euch, wie man so was macht!«, sagte Yoda. »Du da! Herkommen!«

Mit der Pistole gab er mir zu verstehen, dass er mich meinte. Ich zögerte kurz, da packte er mich schon mit beiden Händen am Kragen, zerrte mich auf die Beine und stieß mich Richtung Tür.

»Lassen Sie mich in Ruhe!«, wehrte ich mich.

»Wir nehmen ihn als Geisel mit«, blaffte Yoda nur und gab mir einen weiteren Stoß in den Rücken. »Mal sehen, wie dein Freund reagiert, wenn ich ihm verklickere, dass du ins Gras beißt, wenn er nicht aus seinem Versteck kriecht.«

Ich spürte, wie Panik in mir aufstieg. War Yoda zu so einer schrecklichen Tat fähig? Ich wusste es nicht. Aber bei Typen wie ihm rechnete ich mit allem. »Sie irren sich«, sagte ich mit Nachdruck. »Ich kenne diesen Unbekannten nicht!«

»Ich glaube ihm, Yoda«, sagte Tick. »Wir vergeuden wertvolle Zeit, wenn wir uns mit ihm herumschlagen. Warum sollte ein Freund von ihm alleine hier drinnen herumschleichen und uns -«

»Er kennt den Kerl!«, bellte Yoda lauthals. Sein Gesichtsausdruck verriet, dass ihn seine Bande inzwischen anwiderte. »Begreift ihr überhaupt nichts mehr? Ich kauf ihm doch seine billige Geschichte nicht ab!«

»Ich hab nicht die geringste Ahnung, wer der Bursche -«

»Halt den Mund, oder ich stopf dir dein vorlautes Maul!« Yoda stieß mich grob gegen die Bürotür. Dann packte er mich rücklings am Kragen, öffnete die Tür und schleppte mich vor den anderen in den Korridor hinaus.

Trick, Track und Zorro folgten uns, ohne ein Wort zu sprechen.

»Jetzt lerne ich euch, wie man eine Ratte aus ihrem Loch kriegt.«

– 27 –

Dex hatte sich direkt neben den Kabinenlautsprecher gehockt. Er lauschte konzentriert, um dem Stimmengewirr so viel Information wie möglich abringen zu können. Keine leichte Aufgabe, einer der Gangster brüllte und bellte so wütend, dass sich die Sprechanlage fast überschlug.

Eine Tür knallte zu, dann war es plötzlich stiller. Kurz war noch ein gedämpftes Murmeln zu hören, dann verebbten auch diese Laute.

»Scheint, als entfernen sie sich draußen am Gang«, sagte Dex. »Luke steht das Wasser bis zum Hals! Skipper schwebt auch in höchster Gefahr! Ich muss ihnen irgendwie helfen können!«

Dex dachte angestrengt nach. Was konnte er von hier aus, in dieser finsteren engen Kabine, schon groß unternehmen?

Streng deine grauen Zellen an, Dex!

Ihm kam ein ganz neuer Gedanke: Solange er im Aufzug festsaß, wussten die Gangster nicht, dass sich noch ein Unbekannter im Museum befand. Gut möglich, dass er noch das As im Ärmel des X-Teams wurde. Dann nämlich, wenn er freikam und niemand mit ihm rechnete.

»Luke denkt sicher auch so«, sprach Dex mit sich selbst. »Wie ich ihn kenne, hat er die Gegensprechtaste einseitig blockiert, damit keine Geräusche aus der Kabine übertragen werden können. Clever, Luke!«

Dex beschloss, alles, was er gehört hatte und wusste, in Ruhe noch einmal durchzudenken und die Fakten zu ordnen. Jedes noch so winzige Detail konnte der Schlüssel zur Lösung ihrer gefährlichen Lage sein. In Gedanken spulte Dex die belauschte Szene noch mal ab.

Tatsache eins: Sechs Ganoven dringen in das Museum ein, wissen über die Stromversorgung und die Sicherheitssysteme genauestens Bescheid - Profis.

Tatsache zwei: Sie wollen den Codex Manesse rauben. Jenes Exponat, das am bequemsten zu entwenden ist. Die Bande weiß demnach genau über die ›Schätze der Menschheit‹ Bescheid.

Tatsache drei: Es gibt einen namenlosen Unbekannten, einen Hintermann, der nur die ›Amsel‹ genannt wird.

Tatsache vier: Skipper hat den Codex an sich genommen, die ihr dann von Kilian Schwarz ...

Kilian Schwarz!

»Ich weiß nicht genau warum, aber irgendwie macht mich Kilian stutzig«, murmelte Dex. »Vorhin, da ... Vielleicht täusche ich mich auch. Aber eine der Stimmen aus dem Büro ... Ich kann mir nicht helfen, eine der Stimmen hab ich schon mal wo gehört. Es ist ...«

Plötzlich fügten sich Dex' Gedanken zu einem schlüssigen Bild zusammen.

»Ich weiß, wem die Stimme gehört. Oh nein!«

– 28 –

Skipper kauerte im steinernen Sarkophag und horchte auf jedes Geräusch in der Umgebung. Mehr als ein Mal waren die Gangster in den Ägyptischen Saal gekommen und hatten ihn mit den Taschenlampen durchleuchtet. Ihr Notplan war aufgegangen: das einfachste und somit unvermutetste Versteck zu wählen. Sie hatte sich nicht bewegt, immer wieder den Atem angehalten und sich ganz in die Schattennische gezwängt.

Seit Minuten war es jedoch ruhig.
Skipper vergewisserte sich nochmals, lauschte.
Nichts.
Still.
Scheinbar haben sie Kilian aufgestöbert, ihn eiskalt überwältigt und ihm den Codex abgenommen.
Kilian!
Was haben sie anschließend mit ihm gemacht? Skipper geisterten bei diesem Gedanken eine Menge unschöner Bilder durch den Kopf. Ist das Spiel tatsächlich so gelaufen, wie sie vermutete, dann hatte die Bande das Museum wahrscheinlich

schon verlassen. Es wäre sinnlos, sich unnötig lange am Tatort aufzuhalten und zu riskieren, geschnappt zu werden.

»Okay, Skipper«, murmelte sie in sich hinein. »Ich geh davon aus, dass die Kerle weg sind. Dex ist meine Chance. Seine Kombinationsgabe ist vortrefflich. Und er musste nicht fliehen, konnte in Ruhe über eine Lösung der Krise nachdenken. Ich muss zum Lift zurück.«

Skipper machte sich gerade daran, ihr Versteck zu verlassen, da hörte sie plötzlich Schritte und Stimmen.

Eindeutig mehrere Personen, die sich da schnell näherten. Die Stimmen wurden rasch lauter. Dann flackerten draußen vor dem Saal Lichtstrahlen auf.

»Hör mir genau zu, was ich jetzt sage!«, rief eine raue Stimme.

Der Anführer der Bande, war Skipper sofort klar. Der Klang seiner Worte verriet unmissverständlich, dass er nicht zum Spaßen aufgelegt war.

»Ich weiß, dass du dich hier irgendwo verkriechst! Du kannst meine Leute an der Nase herumführen, aber nicht mich! Ich gebe dir ab jetzt eine viertel Stunde. Hast du dich bis dahin nicht unten im Sicherheitsbüro gestellt, siehst du deinen Freund hier - Luke - nie wieder. Jedenfalls nicht lebend!«

Eine kurze Pause folgte.

»Fünfzehn Minuten!«

Augenblicke später verschwanden die Lichtkegel. Die Schritte entfernten sich und Skipper hörte dieselben Worte abermals, gedämpfter, gegenüber in den Sälen der Kunstsammlung.

»Ich weiß, dass du dich hier irgendwo ...«

»Der meint es ernst«, sagte sich Skipper. »Er lässt keinen Saal aus, damit ich ihn auch sicher höre.«

Skipper seufzte innerlich. Sie saß ganz schön in der Klemme. Guter Rat war jetzt wirklich teuer. Was sollte sie tun?

In den nächsten fünfzehn Minuten muss eine brauchbare Lösung her!

Doch Skipper begann erst gar nicht, über das weitere Vorgehen nachzudenken. Ihre unausweichliche Lage ließ ihr so und so keine Wahl. Listig und mit Mut hatte sie es geschafft, die Gangster bis hierher zu narren. Aber jetzt stand das Leben von Luke auf dem Spiel. Das Leben ihres Freundes, eines Agenten aus dem X-Team, zu gefährden, dazu hatte sie nicht das Recht - unter keinen Umständen!

»Bei solchen Typen weiß man nie, wozu die fähig sind«, überlegte Skipper. »Vielleicht bluffen sie nur, vielleicht aber waren die Worte keine leere Drohung. Wie auch immer, ich darf kein unnötiges Risiko eingehen.«

Skipper blickte auf die Uhr. »Noch dreizehn Minuten. Ich habe also noch Zeit. Zeit, in der sie darauf warten, dass ich mich unten im Büro der Security stelle, Zeit, in der sie nicht nach mir suchen ...«

Noch zwölf Minuten.

– 29 –

Dex horchte und horchte. Abwechselnd am Lautsprecher der Gegensprechanlage, dann wieder oben an der Kabinenluke.

Nichts.

Keine Stimmen, keine Geräusche.

»Verdammt, was ist da draußen bloß los?«, fluchte er. Er konnte es kaum noch ertragen, im Lift gefangen zu sein, während seine Freunde es draußen mit diesen skrupellosen Ganoven zu tun hatten. »Vielleicht kann ich die schmierigen Seile doch irgendwie -« Dex verstummte.

Da war es wieder, das Geräusch, das er vorhin schon gehört hatte. Metall knirschte.

Dex stieg auf den Handlauf der Kabine und blickte durch die Ausstiegsluke nach oben, um besser lauschen zu können. Jemand machte sich an der Schachttür über ihm zu schaffen.

»Sie haben mich entdeckt!«, murrte er. Ein kalter Schauer lief ihm über den Rücken. Vorsichtshalber schloss er die Kabinenluke und hielt den

Deckel nur einen Spaltbreit geöffnet. Von oben sah die Kabine somit unverdächtig aus, falls jemand mit einer Taschenlampe nachsehen kam.

»Dex?«

»Skipper! Bist du das?«

»Ja.«

»Alles okay bei dir?«

»Soweit ja.«

»Was geht da oben vor bei euch?«

»Ein Raubüberfall. Diebe sind in das Museum eingestiegen«, flüsterte Skipper.

Dex öffnete die Luke wieder, konnte Skipper aber in der Dunkelheit über ihm nicht sehen.

»Sie haben Luke gefangen und wollen -«

»Das hab ich alles mitbekommen, Skipper«, unterbrach Dex sie. »Luke hat vom Büro der Security aus die Sprechanlage aktiviert. Ich hab einiges gehört, was sie gesprochen haben.«

»Wie konnte er die Sprechanlage ... Egal! Uns bleiben nur noch neun Minuten, Dex. Wenn ich mich bis dahin nicht unten stelle, bringen sie Luke um.«

»Sie bringen ihn -«

»Verdammt, ja! Wir müssen ihn da rausholen!«

»Ich sitz hier drinnen fest, Skipper. Die Seile sind so dünn und schmierig, ich kann nicht an ihnen zu dir hochklettern. Ich kann sie nicht fest genug umfassen, rutsche ab.«

»Versuch's noch mal.«

»Zwecklos. Kostet nur wertvolle Zeit, Skipper.«

»Nur noch acht Minuten, Dex!«

»Wir haben keine Wahl. Du musst dich stellen. Nicht auszudenken, wenn sie es ernst meinen mit Luke.«

»Scherzkeks! Darauf bin ich auch schon gekommen.«

»Sind die Kerle vermummt?«, fragte Dex.

»Ja. Sie sehen wie Ninjas aus. Völlig schwarz gekleidet mit Gesichtsmasken.«

»Perfekt!«

»Was?«

»Die sind hier eingedrungen, weil sie den Codex Manesse stehlen wollten. Wir sind ihnen unverhofft in die Quere gekommen«, überlegte Dex laut. »Ihr kennt ihre Gesichter nicht, könnt sie bei der Polizei nicht beschreiben. Demnach seid ihr als Zeugen nicht wirklich eine echte Gefahr für die Burschen. Die Masken verändern auch ihre Stimmen etwas. So kannst du mit ihnen verhandeln, Skipper.«

»Ich weiß, was du meinst, Dex. Ich gebe ihnen die Beute, die sie haben wollen, im Gegenzug sollen sie uns laufen lassen.«

»Eine bessere Verhandlungslinie fällt mir nicht ein, Skipper.«

»Der Plan funktioniert nicht, Dex.«

»Versuch's einfach. Die Zeit läuft ab.«

»Ich hab das Liederbuch nicht mehr.«

»Was soll das heißen?«

»Das soll heißen, Kilian Schwarz, der Kreativdirektor, hat es mir entrissen. Es ging so schnell, während plötzlich Schritte zu hören waren.«

»Ich glaub's einfach nicht, Skipper.«

»Ist aber so, Dex.«

»Okay. Kombinieren wir logisch: Kilian hat die Beute. Behält er sie bei sich, nehmen sie ihm diese ab, falls sie ihn erwischen. Anschließend muss er damit rechnen, dass ihn vielleicht beseitigen. Solange die Gauner aber nicht im Besitz des Codex sind, ist Kilian halbwegs sicher. Also …«

»Also versteckt er das Buch irgendwo, und versucht abzuhauen«, fiel ihm Skipper ins Wort.

»Als Angestellter des Museums ist Kilian mit dem Gebäude bestens vertraut«, dachte Dex weiter. »Bestimmt kennt er Winkel und Plätze, welche die Gangster in hundert Jahren nicht finden.«

»Nur noch sechs Minuten«, flüsterte Skipper in den dunklen Schacht hinab.

»Gut. Stell dich und erkläre die Lage, wie wir

eben besprochen haben. Wenn du überzeugend wirkst, glauben sie dir die Geschichte hoffentlich, dass du den Codex nicht mehr hast.«

»Wenn ich irgendwo ein Seil finden würde, dann könnte ich dir helfen, da rauszukommen«, meinte Skipper.

»Die Zeit haben wir nicht mehr. Kümmere dich um Luke.«

»Ich hol dich später hier raus, okay.«

»Okay. Mach schon!«

»Bis dann, Dex.«

»Bis dann. He, Skipper!«

»Was?«

»Pass verdammt auf. An dieser Geschichte mit Kilian ist irgendwas faul!«

»Wie kommst du darauf?«

»Kilian hätte längst die Polizei verständigen müssen.«

»Du meinst die ID-Schlüssel?«

»Ja. Als Kreativdirektor hat er sicher einen eigenen Zugangscode für das Museum, wie Simon Potter auch. Warum also, ist er nicht längst verschwunden? Für ihn wäre es ein Kinderspiel, das Museum zu verlassen und Hilfe zu holen. Stattdessen bleibt er hier und setzt sich der Gefahr dieses Überfalls aus. Warum?«

»Du denkst, Kilian ist ...«

»Wäre immerhin eine Erklärung für sein unlogisches Verhalten, oder?«

»Gut, Dex. Ich pass doppelt auf.«

Über Dex knirschte es wieder, als Skipper die Schachttür schloss.

– 30 –

Ein schmaler, schwacher Lichtschein einer Taschenlampe fiel auf den Gang heraus.

Noch zwei Minuten.

Mit jedem Schritt, den Skipper dem Sicherheitsbüro näherkam, schlug ihr Puls schneller. Jetzt hieß es wirklich cool bleiben. Das Leben von Luke - und ihr eigenes - hing von dem ab, was sie gleich sagen und tun würde. Zwei Meter vor der Bürotür, die einen Spaltbreit offen stand, blieb sie stehen, schloss kurz die Augen und atmete tief durch.

Eine Minute.

Sie hatte die Beute nicht mehr. An dieser Tatsache führte auch für die Gauner kein Weg vorbei.

Dreißig Sekunden.

Aus dem Büro waren murmelnde Stimmen zu hören. Skipper spürte, wie ihr heiß wurde, als sie nach der Tür griff, diese aufzog und in den Raum trat.

Im blassen Lichtschein der Taschenlampen erkannte Skipper ihre Gegner nur undeutlich. Sie fühlte aber, dass fünf Augenpaare sie anstarrten, sie von oben bis unten musterten. Die sechste Person schob vermutlich noch immer Wache am hinteren Ausgang.

Zuerst tat sich nichts weiter.

Dann trat einer der Gangster, vermutlich der Anführer, vor, hob eine Taschenlampe an und blendete Skipper damit.

»So also sieht unser Unbekannter aus, der meine Leute zum Narren hält. Eine Schulgöre. Ich glaub's einfach nicht.«

Skipper schirmte das blendende Licht mit der rechten Hand ab. Sie sah Luke, der neben Professor Potter stand. »Sie Mörder!«, murrte sie.

»Er schläft nur«, antwortete der Anführer. »Willkommen. Ich wusste, dass ich mich auf dich verlassen kann. Mein Name ist Yoda. Es ist mir eine aufrichtige Ehre, unseren unsichtbaren Fremden persönlich begrüßen zu dürfen.«

»Yoda? Sagen Sie bloß noch, Sie stehen auf der guten Seite der Macht.«

»Sieh an, ein Fan von Star Wars. Da haben wir ja zumindest eine Gemeinsamkeit.«

Die Taschenlampe wie ein Lichtschwert verwendend, gab Yoda der einzigen Frau in der Runde ein Zeichen, die Tür zu schließen. Umgehend führte diese den Befehl aus. Dann verschränkte ein weiterer Kerl seine Arme vor der Brust und postierte sich breitbeinig vor der Tür.

»Respekt, Respekt«, sprach Yoda gelassen weiter. »Wie heißt du?«

»Sarah Santon. Auch Skipper genannt.«

Yoda nickte stumm. »Okay, Skipper. Dir ist es tatsächlich gelungen, Zorro, Tick, Trick und Track, fast zwei Stunden lang an der Nase herumzuführen. Ganz schön mutig, das muss ich dir lassen. Aber jetzt ist Schluss mit dem Katz-und-Maus-Spiel. Ein für alle Mal. Wenn ich jetzt um den Codex bitten dürfte.«

»Tut mir leid. Ich habe das Buch nicht mehr.«

Yodas Hand blitzte nur kurz im Schein seiner Taschenlampe auf, so schnell schlug er zu. Skipper hatte null Chance, auszuweichen. Im nächsten Moment traf der Schlag sie am Kinn und Skipper ging zu Boden wie ein angeschlagener Boxer im Ring.

»Niemand lügt mich an.«

Skipper brauchte einige Augenblicke, um wieder klar im Kopf zu werden. Ihr war schwindelig und ihre Knie fühlten sich butterweich an. Skipper fasste sich an den Unterkiefer und tastete ihn ab. Die Zähne waren noch alle an ihrem Platz. Sie blickte auf. Yoda stand drohend neben ihr und starrte gleichgültig auf sie herab.

»Ich hoffe, das war dir eine Lehre, mich nicht noch einmal für dumm zu verkaufen.«

Stöhnend stand Skipper auf. Sie schmeckte Metall im Mundwinkel. Eisen. Ihre Unterlippe war geschwollen und blutete. Sie hatte sich gebissen. »Ich lüge nicht«, sagte sie so selbstbewusst, wie sie konnte.

»Scheint, als hättest du nicht ganz verstanden, was ich vorhin da oben zu dir gesagt habe.«

»Ich habe verstanden. Sehr gut sogar. Und trotzdem habe ich Ihre Beute nicht.«

»Würde ich auch behaupten bei einem Exponat, das Millionen bringt«, sagte Yoda. »Ich an eurer Stelle würde den Codex verstecken, und wenn sich der Sturm gelegt hat, komme ich hierher zurück und hole mir den Reichmacher. Ihr habt vielleicht Nerven. Das kann ich euch nicht absprechen. Also wo ist das Buch?«

»Nirgends.«

Sekunden der Stille folgten Skippers Antwort.

»Gut. Dann also die harte Tour.«

»Die können Sie sich sparen. Der Codex wurde mir von jemandem abgenommen.«

»Hier gibt es niemanden außer uns!«, schrie Yoda jetzt. Wut kochte allmählich wieder in ihm hoch.

»Falsch«, entgegnete Skipper.

Yoda runzelte die Stirn. »Von wem redest du?«

»Von Kilian Schwarz.«

»Kilian wer?«

»Er ist der Kreativdirektor des Museums.«

Yoda blickte in die Runde. Er wirkte sichtlich überrascht.

»Ich hatte ihn auch nicht auf der Rechnung«, erklärte Skipper weiter. »Er tauchte plötzlich wie aus dem Nichts auf. Noch ehe ich die Situation richtig erfassen konnte, riss er mir den Codex Manesse aus der Hand und verschwand in der Dunkelheit. Er sagte, er würde das Buch an einem unauffindbaren Ort deponieren. Ein Ort, den Sie niemals finden können.«

»Du hast dir diese Geschichte zusammengereimt«, blaffte Yoda.

»Nein. Mein Ehrenwort. Ich weiß wirklich nicht, wo Kilian ist. Und außerdem: Sie und Ihre Männer sind zur Unkenntlichkeit vermummt. Luke, der Professor und ich könnten Sie nicht mal bei der Polizei beschreiben. Wir sind als Zeugen wertlos. Hätte ich die Beute, ich würde Sie Ihnen alleine aus diesem Grund geben und kein unnötiges Risiko eingehen. Im Gegenzug würde ich verlangen, dass Sie uns deshalb gehen lassen. Aber ich besitze diesen Trumpf eben nicht.«

Yoda ließ Skipper nicht aus den Augen. Er schien ihre Worte abzuwägen.

Der Moment der Entscheidung, dachte Skipper.

Plötzlich packte Yoda Luke. Am Kragen riss er ihn vor seine Brust und legte ihm den rechten Arm um den Hals. Yoda drückte zu.

Luke schnappte nach Luft, krächzte.

– 31 –

»Es liegt an dir, ob deinem Freund in wenigen Sekunden die Luft ausgeht oder nicht«, drohte Yoad und drückte noch fester zu.

Ich hustete.

»Ich habe Ihnen die Wahrheit gesagt!«, rief Skipper nervös.

Meine Lippen wurden blau, das war sogar im spärlichen Licht zu sehen.

»Wo ist der Codex?«

»Skipp... Skipper lügt ni... nicht«, würgte ich hervor.

»Deiner kleinen Freundin liegt wohl nicht viel an dir?«, sagte Yoda. Mit einem Ruck spannte er seine Umklammerung noch enger um meinen Hals.

Ich zerrte wild an Yodas Unterarm, aber Yoda hatte zu viel Kraft.

»Verdammt!«, schrie Skipper voller Zorn. Sie sprang zum Schreibtisch, grapschte sich einen Kugelschreiber und ging damit auf Yoda los. Wie eine

Wildkatze stürzte sie auf ihn zu, den Kugelschreiber erhoben, um ihn Yoda in seine Hand zu rammen.

Yoda hatte mit so etwas gerechnet. Blitzartig wehrte er Skipper mit einem satten Fußtritt ab. Sie taumelte zurück und prallte gegen Track, der sie wieder nach vor stieß.

Yoda ließ mich los.

»Du lügst also doch nicht.«

Ich fasste mich mit beiden Händen an den Hals, fiel auf die Knie und rang hastig nach Luft.

»Das war ein Test«, sagte Yoda. »Ich warne dich. Eine einzige Lüge, und ich lasse das nächste Mal nicht vorzeitig los.«

Skipper lief zu mir und half mir auf die Beine.

»Ihr da!«, bellte Yoda seine Komplizen an. »Wieso habe ich nichts von diesem Kilian erfahren?«

»Er ist uns nie über den Weg gelaufen, Yoda«, brach Zorro nervös das Schweigen. »Die Amsel hat nie davon gesungen, dass sich eventuell ein Angestellter abends hier aufhalten könnte.«

»Die Amsel hat garantiert, dass wir alleine hier wären!«, brüllte Yoda und schlug mit der Faust gegen einen Aktenschrank. »Und ihr habt natürlich nicht die leiseste Notiz von einer weiteren Person genommen, die herumschleicht, als wären wir überhaupt nicht hier!«

»Bringt mir diesen Kerl! Und sperrt gefälligst eure Ohren auf! Womöglich versteckt sich noch jemand irgendwo und ihr kriegt nichts mit davon!«

»Dex?«, hüstelte ich Skipper unter vorgehaltener Hand leise zu.

Skipper legte meinen Arm um ihre Schulter, tat, als helfe sie mir rüber zur Wand, wo ich mich anlehnte. Dabei flüsterte sie mir zu: »Alles roger.«

»Bringt mir diesen Kilian!«, befahl Yoda. »Sofort! Sucht in jedem Winkel. Und wenn ihr das Museum auseinandernehmen und wieder aufbauen müsst! Ich will den Kerl hier vor mir haben! Los!«

Zorro, Tick, Trick und Track stellten keine weiteren Fragen. Gehorchend verließen sie das Büro. Plötzlich rief ihnen Yoda hinterher: »Moment! Ich komme mit, diesmal leite ich die Suchaktion. Zorro, du bewachst unsere drei Gäste. Und lass dich auf keine Spielchen ein. Die sind cleverer, als ihr alle fünf miteinander.«

Wie ein Kommandant marschierte Yoda an seinen Männern vorbei und übernahm die Führung des Suchtrupps.

Zorro zog seine Waffe und schloss die Tür hinter ihnen.

Skipper und mich plagte der gleiche Gedanke. Yoda würde überlegen, wo sie bisher noch nicht nachgesehen hatten.

Der Aufzug musste ihm irgendwann einfallen.

– 32 –

»Was ist mit Simon Potter passiert?«, fragte Skipper und rieb sich noch immer den schmerzenden Unterkiefer. Yodas Schlag hatte sie voll getroffen. Ein Wunder, dass sie sich nur in die Lippe gebissen hatte.

Mir erging es nicht viel besser. Ich erholte mich auch nur langsam von Yodas Angriff. »Er hat versucht, abzuhauen. Da hat ihm Yoda mit dem Pistolengriff eins über den Schädel gezogen. Nimm dich bloß in acht vor dem Kerl. Der tickt nicht ganz richtig. Einmal ist er sanft wie ein Lamm, dann flippt er von einer Sekunde zur anderen aus.«

»Durfte ich ja selber erleben«, sagte Skipper und wischte sich mit dem Handrücken Blut aus dem Mundwinkel.

»Schnauze!«, brüllte Zorro genervt.

»Warum ...?«

»Ich hab gesagt, Klappe halten!« Zorro hob seine Pistole, um seinen Worten Nachdruck zu verleihen.

Wir kauerten uns in eine Ecke und mit dem Rücken zur Wand. Beide verschränkten wir unsere Arme auf den angezogenen Knien. So konnten wir wenigstens leise miteinander flüstern. Wir staunten sehr darüber, wie ruhig ein Mensch doch werden konnte in einer gefährlichen Situation, obwohl er Angst hatte - der angeborene Überlebensinstinkt aller Lebewesen. Furcht als Alarmstufe Rot, um mit geschärften Sinnen klar zu denken und Fluchtmöglichkeiten zu erkennen. Wir mussten an die steinzeitlichen Jäger denken. Welche Angst mussten sie verspürt haben, wenn sie einem riesigen Mammut gegenüberstanden, nur mit einem dünnen Holzspeer bewaffnet. Unsere Gedanken munterten uns etwas auf.

»Ich habe die Redetaste der Sprechanlage mit einem Buch beschwert«, murmelte ich kaum hörbar. »Dex kann alles mithören. Er weiß, dass Yoda und seine Spürhunde ausgeschwärmt sind.«

»Er sitzt im Lift fest«, murrte Skipper. »Der Professor?«

»Bewusstlos, nichts weiter.«

Zorro lief unruhig vor der Bürotür hin und her. Nervös blickte er immer wieder auf die Uhr. »Ihr rührt euch nicht von der Stelle, verstanden«, sagte er schließlich. »Ich bin sofort wieder zurück, muss mal eben für kleine Jungs. Ein falscher Gedanke von euch und es knallt!« Er verließ das Büro und schloss von draußen ab.

»Der hat's plötzlich aber ziemlich eilig«, sagte Skipper.

Wir hörten, wie draußen die Tür verbarrikadiert wurde. Zorro prüfte noch die Klinke. Die Tür war fest zu. Dann wurden seine Schritte leiser.

»Schnell«, sagte ich.

Ich griff mir das Mikrofon am Steuerpult und schob das Buch von der Sprechtaste. »Dex, hörst du uns?«

»Ich bin ja nicht taub, Leute.«

»Wir haben nur ein paar Sekunden, bis dieser Zorro zurück ist. Was sollen wir tun?«

»Im Moment sind uns die Hände ziemlich gebunden«, drang Dex' Stimme aus dem kleinen Lautsprecher. »Aber mir ist was aufgefallen ...«

»Was?«, fragte Skipper hastig.

»Der miese Gauner, der euch bewacht, dieser Zorro ...«

»Was ist mit ihm, Dex? Schnell, er kann jeden Augenblick hier sein!«

»Ich bin mir nicht sicher, aber ich habe seine Stimme schon mal wo gehört. Nur ich kann nicht genau sagen, wo.«

»Auf mich wirkt er auch irgendwie seltsam«, sagte Skipper. »Ich weiß nur nicht warum?«

»Seht ihr wirklich keine andere Chance, aus dem Büro rauszukommen?«

»Nein«, antwortete ich. »Die Fenster sind automatisch verriegelt. Brechen wir die Tür auf, brennen bei Zorro die Sicherungen durch. Die Gangster sind uns zahlenmäßig zu überlegen und schon ziemlich gereizt. Wir dürfen ihre Geduld nicht überstrapazieren.«

»Verstehe. Hört zu: Das ist eines der berühmtesten und modernst ausgestatteten Kunstmuseen der Welt. Gemälde brauchen ein gleichbleibendes Klima, eine konstante Luftfeuchtigkeit und Temperatur, damit sie nicht beschädigt werden. Es muss eine Klimaanlage, ein Belüftungssystem geben. Die Hauptluftschächte sind normalerweise groß genug, dass man darin bis in den nächsten Raum robben kann.«

Skipper blickte zur Decke hoch, suchte sie mit einer Taschenlampe ab. »Da ist tatsächlich eine Klimaanlage. Die Einströmöffnung kommt direkt aus der Decke. Das Ding ist gut eine Armlänge breit im Quadrat. Das müsste reichen, um durchzupassen.«

»Nichts wie los«, sagte ich.

»Zorro ist jeden Augenblick zurück! Ich lass dich weiter zuhören, was hier drinnen vorgeht, Dex.«

»Roger.«

»Halt durch da unten, Dex«, sagte Skipper. »Wir versuchen, von hier abzuhauen. Luke schaltet dich wieder um auf reines Mithören, damit sie hier oben deine Geräusche nicht mitbekommen. Bis dann!«

»Sto...!«

Dex' Stimme verstummte. Ich legte das Buch wieder auf die Sprechtaste und schob das Mikro zurück.

»Ich glaube, Dex wollte noch was sagen«, meinte Skipper, aber ihr Blick wanderte bereits zur Deckenluke.

– 33 –

»Stopp!«, rief Dex. »Luke! Skipper! Vorsicht!«
Niemand antwortete.
»Luke!«
Nichts.
»Mist!«, fluchte Dex. »Skipper! Ich muss euch verdammt noch mal was Wichtiges sagen! Ich erinnere mich jetzt. Zum Teufel, das bringt uns alle in eine neue, unerwartet gefährliche Lage!«
Er drückte die Sprechtaste - mehrmals. »Luke!«
Niemand meldete sich.
»Luke, er ist es, vor dem ihr euch in acht nehmen müsst. Vorhin, als wir von Kilian gesprochen haben, da schoss es mir plötzlich in den Sinn ...«
Keine Reaktion aus dem Lautsprecher.
»Ich erinnere mich, wo ich seine Stimme schon mal gehört habe! Ich weiß, wer er wirklich ist! Ihr müsst aufpassen. Ihr lauft ihm ins offene Messer, hört ihr! Luke! Skipper! ...«
Nichts.
Die Sprechanlage blieb stumm.

– 34 –

Ich stieg auf einen Aktenschrank, der an der hinteren Bürowand stand. Von hier aus konnte ich die Einströmabdeckung des Klimaschachtes erreichen. Skipper stemmt sich gegen den Schrank, um ihn zu stabilisieren.

»Die Abdeckung ist durch Klemmen fixiert«, sagte ich.

»Alles aus Plastik«, meinte Skipper. »Mit dem CHM müsstest du die Klemmen lösen können.«

CHM, so nannten wir unsere Schweizer Taschenmesser, CH stand für die Schweiz, das M für Messer.

»Schnell!«, trieb Skipper mich an. »Uns läuft die Zeit davon, Zorro muss jeden Augenblick wieder hier sein! Das Klo ist gleich um die Ecke.«

»Sieh nach, ob du draußen was hörst«, sagte ich.

Skipper lief zur Tür und horchte. »Noch keine Schritte, keine Stimmen.«

Ich klappte die mittelgroße Klinge aus und begann, die Kunststoffklammern aus ihrer Verankerung zu drücken.

»Schneller, Luke!«

»Noch schneller geht nicht.«

»Wir brauchen mehr Zeit. Moment, ich hab's! Das müsste reichen.«

Skipper eilte zu einem Flachbildschirm, der an der Wand neben dem Fenster hing. Sie riss das SAT-Kabel aus Gerät und Steckdose. Ein Ende band sie um die Türklinke und verknotete das Kabel fest. Das zweite Ende führte sie um das Bein des Schreibtisches und verknotete es ebenfalls.

»Genial, Skipper!«

Die Tür ging nach außen auf, in den Korridor hinein. Da konnte Zorro lange zerren, der schwere Eichenschreibtisch stand wie angewurzelt da, von einer einzelnen Person nicht wegzuziehen - hoffentlich.

Skipper lehnte sich wieder gegen den Aktenschrank, auf dem ich stand.

Fieberhaft bemühte ich mich, eine Halteklammer um die andere auszuklicken.

Zwischendurch lauschten wir immer wieder, ob Zorro kam.

Aber noch waren draußen vor der Tür keine Geräusche zu hören.

»Der wird sich wundern, wenn er an der Tür zieht«, sagte Skipper.

»Leider werden wir sein dummes Gesicht nicht sehen, wenn er die Tür öffnen will. Los, Skipper! Es ist Zeit, von hier zu verschwinden.« Ich löste die letzte Klammer und nahm die Abdeckung von der Decke.

Über uns gähnte ein schwarzes Loch, quadratisch, mit einer Seitenlänge von knapp einem Meter.

»Scheint als hätten wir Glück«, sagte Skipper. »Das ist ein Hauptschacht, der hierher ins Sicherheitsbüro führt.«

Ich griff in den Schacht und tastete ihn ab. »Der Tunnel verläuft waagerecht an der Decke entlang«, stellte ich fest. »Er müsste unser Gewicht tragen. Gehen wir.« Ich stand auf, konnte mit beiden Armen locker in den Schacht reingreifen und mich in die Blechröhre stemmen. »Nicht viel Platz hier, aber es müsste klappen.«

Skipper kletterte auf den Schrank, lehnte die Abdeckung gegen die Wand, sodass wir sie von oben erreichen konnten. »Wir holen Sie da raus, Professor«, sagte sie noch in Richtung von Simon Potter. Dann half ich ihr, sich in den Klimaschacht zu ziehen.

So gut ich konnte, hielt ich Skipper an den Beinen fest, während sie sich aus dem Schacht lehnte und den Lukendeckel hochzog. Sie wollte den Einstieg von innen her verschließen, um so wenige Hinweise wie möglich auf unser Verschwinden zu hinterlassen.

»Eine Klemme ist abgebrochen«, sagte Skipper. Sie klickte drei Seiten der Abdeckplatte ein.

»Egal. Nichts wie weg hier!«

Ich legte mich auf den Bauch und robbte flach vorwärts. Mühsam schob ich mich mit den Ellenbogen Stück um Stück durch die enge Röhre. Skipper folgte dicht hinter mir.

»Wohin?«, fragte Skipper. »Diese Enge und Dunkelheit ist ja mehr als ätzend!«

»Bis zur nächsten Luke im nächsten Büro«, sagte ich. »Wenn wir etwas Zeit gewinnen, bis Zorro merkt, was hier abläuft, dann gewinnen wir damit Zeit, einen neuen Plan zu überlegen.«

Keuchend schleppten wir uns vorwärts. Der Tunnel machte eine Biegung nach rechts. Einige Meter vor uns verstärkte sich der Luftzug. Staub wirbelte durch die Blechröhre. Wir bemühten uns, nicht zu niesen.

»Lassen wir zur Sicherheit ein Büro aus«, schlug Skipper vor. »Dann hört Zorro uns nicht so leicht, wenn wir aus dem Schacht kriechen.«

»Gute Idee.«

Wir krochen weiter. Der Staub juckte lästig in meiner Nasse.

»Dort vorne kommt der nächste Ausstieg«, meldete ich. »Wir ...«

Mitten im Satz unterbrach mich ein Geräusch. Dumpfe, unverständliche Worte drangen zu uns in den Klimakanal.

»Klingt, als ist Zorro zurück«, sagte Skipper. »Und klingt, als wäre er nicht gerade gut gelaunt.«

»Kapiert wohl gerade, dass da was nicht stimmt, weil er nicht ins Büro kann«, antwortete ich.

Wir robbten weiter. Nach wenigen Metern erreichten wir die Einströmöffnung. Ich blickte durch die schmalen Fächeröffnungen der Luke in ein menschenleeres, dunkles Zimmer. Ich glaubte, die Umrisse eines Schreibtisches zu sehen. »Ein Büro«, meldete ich Skipper.

Ich drückte gegen die Abdeckung. Sie bewegte sich nicht. Keinen Millimeter.

»Was ist?«, fragte Skipper ungeduldig.

»Das Ding lässt sich nicht öffnen.«

»Jede Luke kann man öffnen.«

»Aber nur von unten her. Die Halteklammern sind von hier aus nicht erreichbar, Skipper.«

»Dann auf die harte Tour«, sagte Skipper und zwängte sich neben mich so weit das ging.

»Mit vereinten Kräften auf drei ...«

Skipper winkelte ihren rechten Ellenbogen an. Ich verstand, was sie vorhatte und tat es ihr gleich.

»Eins ...«

»Das wird einen höllischen Lärm verursachen«, merkte ich an.

»Hast du eine bessere Idee?«

»Los!«

»Zwei, drei!«

Gleichzeitig rammten wir unsere Ellenbogen gegen die Kunststoffplatte. Die Halteösen knackten, zerbrachen unter den Schlägen und beim dritten Stoß flog der Deckel laut krachend auf den Boden hinunter. Es polterte und klapperte einige Sekunden lang, ehe die Abdeckung zum Liegen kam.

»Verfluchter Mist!«, zischte ich. »Das hört man ja bis auf die Gänge hinaus!«

Uns blieb keine Zeit, weiter über unseren Lärm nachzudenken. Ein lauter Knall ließ uns beide zusammenzucken.

»Ein Schuss!«, sagte Skipper.

Wir hielten uns beide still, wagten kaum zu atmen. Ein zweiter Schuss hallte durch den Luftkanal.

»Zorro!«, sagte ich. »Der irre Kerl ballert wahrscheinlich aus Wut das Schloss aus der Tür.«

»Dann stürmt er fluchend ins Büro und wundert sich, wie wir uns in Luft auflösen konnten«, vermutete Skipper.

»Über kurz oder lang wird er uns auf die Schliche kommen«, sagte ich. »Wir haben also keine Zeit zu verschwenden.«

Ich kletterte mit den Füßen voran aus dem Tunnel und sprang in die Finsternis hinunter. Skipper setzte eine Sekunde nach mir auf dem Boden auf.

Ich tastete mich am Schreibtisch vorbei zur Tür hinüber.

»Wir schlagen das Schloss mit dem Feuerlöscher auf«, sagte Skipper.

»Nicht nötig«, flüsterte ich zurück. Ich hatte vorsichtig die Klinke gedrückt und die Tür war aufgesprungen.

»Wie sieht unser Plan aus, falls wir Yoda und seinen Handlangern über den Weg laufen«, sagte Skipper.

»Halte ich für sehr unwahrscheinlich, dass uns das passiert. Die haben auch Zorros Schüsse gehört. Niemand schießt ohne triftigen Grund. Die laufen sicher schon alle alarmiert zum Sicherheitsbüro.«

»Stimmt. Die werden sich erst mal eine Zeit lang den Kopf darüber zerbrechen, wie wir fliehen konnten, ohne die Tür zu nehmen.«

»Sie werden erneut ausschwärmen, um uns zu fassen«, sagte ich. »Das reinste Hase-und-Igel-Spiel!«

»Aber diesmal sind wir im Vorteil«, sagte Skipper.

»Genialer Gedanke, Skipper. Du meinst Dex im Aufzug.«

»Er kann mithören, was Yoda für einen Plan gegen uns ausheckt. Wir sind diesen Gaunern einen Schritt voraus.«

Ich zog die Tür etwas weiter auf und spähte nach allen Seiten. Rechts von mir, einige Meter entfernt um die Ecke lag das Büro der Museums-Security. Wir hörten aufgebrachte Stimmen. Mehrere Leute diskutierten gereizt miteinander.

»Die sind mit sich selbst beschäftigt«, stellte ich fest.

»Dann los!«, sagte Skipper entschlossen.

– 35 –

Ein Schuss peitschte knallhart aus dem Lautsprecher in der Liftkabine. Dex verschlug es beinahe die Ohren.

»Der verrückte Kerl hat tatsächlich das Türschloss aufgeschossen«, überlegte er halblaut. »Hoffentlich konnten Luke und Skipper schnell genug abhauen, um den Gangstern zu entwischen. Diese Irren scheinen überhaupt keine Skrupel zu kennen.«

Dex hoffte, dass Luke und Skipper noch einmal den Weg zu ihm fanden. Das wäre nur logisch. Die Sprechanlage war die einzige Chance, zu erfahren, was die Bande als Nächstes vorhatte. Und Skipper dachte immer logisch.

»Dann kann ich euch in meine ungeahnte Entdeckung einweihen. Die Information kann euch retten. Also kommt schon -«

Dex brach mitten im Satz ab und erstarrte. Aus der Sprechanlage waren Schritte zu hören. Sie hasteten auf den Korridor hinaus.

»Aha, Zorro. Jetzt stehst du vor einem unlösbaren Rätsel. Niemand durch das vergitterte Fenster geflohen, niemand hinter der Tür gewartet und getürmt ... Du läufst zu den anderen und schlägst Alarm, um Yoda -«

Wieder stoppte Dex mitten im Satz. Ein neues Geräusch drang an seine Ohren. Diesmal war es ein fast schon vertrautes Knirschen. Über ihm schob jemand die Tür zum Aufzugsschacht zur Seite.

»Dex?«

»Luke! Gott sei Dank bist du okay!«

»Ist Yoda mit seinen Spürhunden schon im Sicherheitsbüro?«, flüsterte Skipper in die Dunkelheit hinein.

»Fehlanzeige«, antwortete Dex. »Ist auch egal im Moment. Ich muss euch was viel Wichtigeres sagen. Ich habe das Passierte und Gehörte nochmals gründlich durchgedacht und analysiert. Daraus hat sich -«

»Mach's kurz Dex!«, drängte Luke. »Die können jederzeit hier aufkreuzen!«

»Schon gut. Ich will euch sagen, dass Kilian Schwarz nicht existiert. Er ist ein Phantom, der siebente Spieler am Feld, den es nicht gibt.«

»Was?«, zischte Skipper. »Er hat mich gepackt und beraubt!«

»*Jemand* hat dich gepackt und beraubt«, Skipper. »Wer es war, hast du nicht gesehen, oder?«

»Natürlich nicht. Es war stockdunkel vor dem Aufzug, eine Schattennische.«

»Eben. Niemand anderer als Zorro ist Kilian Schwarz, Leute.«

Stille.

»Seid ihr noch da?«

»Wie willst du das wissen, wenn du da unten in deiner Kabine hockst?«, fragte Luke.

»Ich hab gute Ohren. Das war es, was mich so stutzig gemacht hat. Ich wusste, irgendetwas passt hier nicht zusammen. Und dann hörte ich Zorros Stimme durch den Lautsprecher. Ich hatte von Beginn an das Gefühl, die Stimme schon mal gehört zu haben. Aber wo konnte ich mir nicht zusammenreimen. Und dann, als ich Schritt für Schritt die Vorfälle hier im Museum in Gedanken durchspielte, stieß ich auf die Lösung. Zorros Stimme klang, durch den Lautsprecher gedämpft, genauso dumpf wie zuvor, als er Skipper oben vor der Lifttür beraubte und sich im Schutz der Finsternis als Kilian ausgab.«

»Dann ist die Sache doch gelaufen«, sagte Luke und blickte immer wieder über die Schulter zurück, um nicht böse überrascht zu werden. Sinnlos in dieser Dunkelheit, aber ein Instinkt. »Dann haben die Gangster, was sie wollten.«

»Zorro hat den Codex Manesse«, sagte Skipper.

»Zorro will die Millionen für sich selbst. Er plant, Yoda und die anderen reinzulegen«, sagte Dex.

»Und deshalb gab er sich als Kilian aus«, kombinierte Luke. »Als Kreativdirektor konnte, und würde Skipper ihn nicht verraten.«

»Dann haben wir eine echte Chance, hier heil rauszukommen«, überlegte Skipper. »Wir können die Bande untereinander ausspielen. Wenn Yoda erfährt, dass Zorro Kilian Schwarz ist, dann wird das unter den Gangstern eine Menge Staub aufwirbeln.«

»Zorro ist nicht blöd«, sagte Dex. »Er rennt sicher nicht mit der Beute herum und wartet, bis Yoda sie ihm abnimmt und ihm das Licht ausknipst. Früher oder später kommt Yoda dahinter, dass kein Kilian existiert.«

»Also muss er die Beute verstecken«, sagte Luke.

»Und genau das hat er getan, als er vorhin das Sicherheitsbüro verließ«, war sich Skipper sicher. »Das Klo!«

»Glaub ich nicht«, sagte Dex. »Zorro war nicht auf dem WC. Viel zu unsicher als Versteck. Er war auch zu lange weg, muss demnach wo anders gewesen sein. Was bietet sich an? Ihr kennt das Museum inzwischen gut genug.«

Wieder herrschte für Sekunden nachdenkliche Stille.

»Ein geeignetes Versteck muss sicher sein, aber auch leicht zugänglich«, sagte Skipper. »Schließlich muss er irgendwie an die Beute rankommen.«

»Genau«, gab Dex ihr Recht. »Aber das tut er sicher erst, wenn der ganze Zirkus hier vorbei ist und die Wolken sich verzogen haben.«

»Morgen«, sagte Luke. »Während der Eröffnungsfeier. Da sind alle Augen auf die Gemälde oben im Saal gerichtet.«

»Gut möglich«, sagte Skipper. »Er kommt als Besucher wieder, besichtigt das Museum, die ›Schätze der Menschheit‹ und dann holt er die Beute und -«

Weiter kam sie nicht mehr.

»Das ist es, Leute!«, unterbrach Luke sie. »Dann *kauft* er die Beute im Shop! Er sackt das Original als billiges Souvenir ein, marschiert seelenruhig aus dem Museum und setzt sich ins Ausland ab.«

»Der Museums-Shop!«, bekräftigte Dex. »Macht schnell! Ich hoffe, wir haben die richtigen Schlüsse gezogen!«

»Es muss so sein«, sagte Luke. »Die Puzzleteile passen perfekt zusammen. Da hat Zorro einen teuflisch guten Plan ausgeheckt.«

»Dann nichts wie zum Shop«, sagte Skipper.

»Beeilt euch«, sagte Dex. »Irgendwann entdecken sie mich sonst noch hier. Und das muss ich nicht unbedingt haben, Freunde.«

»Wir holen dich raus, wenn der Strom wieder da ist«, versprach Skipper.

»Haut jetzt ab, sonst erleben wir das vielleicht nicht mehr!«

– 36 –

Oben im Liftschacht knirschte die Tür wieder, als Luke und Skipper sie schlossen. Stille machte sich schlagartig breit. Dex überlegte, ob er noch mal versuchen sollte, an den öligen Stahlseilen hochzuklettern. Doch in diesem Moment wurde der Lautsprecher lebendig. Stimmen drangen in die Kabine.

»Die beiden können sich unmöglich in Luft aufgelöst haben!«, polterte Yoda.

»Ich schwöre, Yoda, ich bin nur mal eben raus auf die Toilette«, war Zorro zu hören. Seine kläglichen Worte klangen ängstlich und eingeschüchtert. »Ich habe die Tür von außen todsicher -«

»Ganz gewiss hast du das. Aber sie sind dir trotzdem durch die Finger gegangen!«

»Das kann nicht sein! Ich habe die Tür mit einem Stuhl blockiert. Er stand unverändert da, als ich zurückkam.«

»Du hast das Büro verlassen und dich somit meinen Anweisungen widersetzt!«, brüllte Yoda. »Ich habe dich eingehend gewarnt, die Zwei sind schlau. Ich schnall das einfach nicht! Zwei rotzfreche, dreiste Schüler halten uns zum Narren, als wären wir die allergrößten Vollidioten! Ein Kilian Schwarz geistert durch das Museum und wir sind zu dämlich den Kerl zu finden! Was ist los mit euch? Wenigstens schläft sich der Herr Potter seelenruhig seinen Brummschädel aus. Sonst würde uns der auch noch wie die blutigsten Anfänger aussehen lassen!«

»Zorn bringt uns nicht weiter, Yoda«, versuchte Track seinen Boss zu besänftigen. »Wir könnten -«

»Schnauze!« Yoda wandte sich Zorro zu. »Zorro, eines ist dir ja wohl klar: Für diesen Fehler wirst du bezahlen. Teuer bezahlen!« Trotz des schwachen Lichts der Taschenlampen war zu erkennen, dass Yodas Augen funkelten vor Wut. »Wo sind die beiden?«

»Yoda!« Plötzlich meldete sich Tick zu Wort. »Scheint, als wäre dein Vergleich gar nicht so falsch. Die beiden haben sich buchstäblich in Luft aufgelöst. Sieh dir mal das dort oben an!«

Dex spürte, wie ihm in diesem Moment die Gänsehaut den Rücken hochkroch.

»Ein Schacht der Klimaanlage«, stellte Yoda ruhig und sachlich fest. Dann überschlug sich seine Stimme fast vor Zorn: »Eine Klammer fehlt. Sie sind durch den Klimaschacht geflohen!«

Jetzt explodierte die Stimmung im Büro. »Ich bin von einem Pack an Versagern umgeben!«, schrie Yoda wutgeladen. Dann krachte es. Blech schepperte - so, als wäre ein Aktenschrank umgestoßen worden. Holz knackte, dann setzte ein abwehrendes Stimmengewirr ein. Yoda schien einen Stuhl an der Wand zertrümmert zu haben. Dann schlug er lautstark auf den Schreibtisch ein. Yoda war dabei, das Büro in Stücke zu hauen.

Das schonungslose Wüten stoppte augenblicklich. Und dann fuhr eine Angstwelle durch Dex, als hätte er einen elektrischen Schlag bekommen.

»Was zum Henker ist das für grünes Licht da an dem Mikrofon? Nichts würde Strom haben, hat es geheißen!«

»Das ist die Gegensprechanlage für den Aufzug«, stellte Trick fest. »Für Notfälle. Scheint mit Batterie oder Akku zu laufen.«

»Das ist mir auch klar«, sagte Yoda mit beängstigendem Ernst. »Das ist ja wohl ein dicker Hund! Diese unverfrorenen Kids haben es wirklich faustdick hinter den Ohren. Und Mut haben sie auch, alle Achtung! Sie haben die Sprechverbindung aktiviert, um unsere Pläne belauschen zu können.

Clever! Aber Yoda ist euch auf die Schliche gekommen. Jetzt hab ich euch endgültig! Tick, ich übertrage es diesmal dir, Mister Brummschädel hier zu bewachen. Zorro, Trick und Track, ihr postiert euch bei den Treppen und Ausgängen. Informiert Batman, doppelt wachsam zu sein am Hinterausgang. Jetzt hol ich mir die Rotznasen!«

– 37 –

»Und wenn dein Plan schiefläuft?«, gab Skipper zu bedenken. »Die Meute ist sicher schon wieder hinter uns her.«

»Mag sein. Aber was bringt es uns, wenn wir die Bande mitsamt der Beute verschwinden lassen? Was, wenn wir uns irren, und sie stufen uns als gefährliche Zeugen ein? Dann haben die Kerle ihr Ziel erreicht und wir sind tot.«

»Ich halte es ja auch für gut möglich, dass Zorro den Codex jetzt schon mitnimmt, weil sich die Schlinge um seinen Hals zuzieht. Aber wir verlieren wertvolle Fluchtzeit.«

»Wir konnten bis jetzt nicht fliehen«, sagte ich. »Haben wir die Beute, ist das wenigstens eine Art Lebensversicherung für uns. Nach allem, wie wir die genarrt haben, verschwinden sie niemals ohne die Millionen. Die bleiben hier, bis sie uns haben. Im Notfall müssen wir bis zur Morgendämmerung durchhalten. Bin ich dann nicht zu Hause, alarmiert Dad die Polizei. Und die ersten Angestellten kommen bestimmt gegen acht Uhr zur Arbeit.«

»Meinetwegen«, sagte Skipper. »Weil du die Angestellten erwähnt hast: Wir nehmen das Treppenhaus für das Personal. Das müsste einigermaßen sicher sein.«

»Roger.«

Im Schutz der Halbdunkelheit schlichen wir zu einer Tür im Seitengang, schlüpften hindurch und schlossen sie hinter uns. Wir hörten, wie sich im Bereich der Haupttreppe und der Eingangshalle Schritte und Stimmen tummelten.

»Die bewachen das ganze Erdgeschoss«, flüsterte ich.

»Gut so«, meinte Skipper. »Dann haben wir unten im Shop freie Bahn.«

In dem engen Stiegenabgang herrschte tiefe Finsternis. Wir tasteten uns mit den Händen an der kalten Steinwand abwärts. Ich ging voraus, Skipper folgte mir auf den Fersen.

Dicht an die Wand gepresst schlichen wir vorwärts, so schnell wir konnten. Das Stiegenhaus schien nicht enden zu wollen, es kam mir so lang vor, wie der Hauptaufgang bis zum obersten Stockwerk. Ich dachte immer wieder an die Gangster und stellte mir vor, was sie mit uns anstellen konnten ...

Endlich erreichten wir die unterste Stufe. An ihrem Ende zweigte ein Korridor nach rechts ab. Ich konnte einen schwachen Lichtschein erkennen, den der Mond durch die Fenster warf.

Skipper und ich hielten inne. Wir verschnauften kurz. Dann drangen wir weiter vor und spähten um die Gangecke, um zu sehen, was sich im Untergeschoss tat.

»Reine Luft«, meldete ich.

Der Eingang zum Shop lag wenige Meter vor uns.

Auf leisen Sohlen schlichen wir hinüber zum Eingang. Wir betraten den Museumsshop und sahen uns im Dämmerlicht um. Der Raum war weiß ausgemalt, dicke Säulen stützten die gewölbte Decke und an den Wänden standen überall Regale. Sie waren mit Büchern, Geschenkartikeln und allerlei Krimskrams gefüllt. Wir sahen Ansichtskarten, Nachbildungen von Exponaten und Kunstwerken.

»Da können wir lange suchen«, sagte ich. »Es gibt tausend Möglichkeiten, hier etwas zu verstecken.

Skipper sagte kein Wort. Sie stand nur da, blickte umher und schien intensiv nachzudenken.

Ich folgte ihrem Blick. »Was überlegst du?«

»Wo würdest du ein Buch verstecken, das aussieht wie der Codex Manesse?«

Und plötzlich erahnte ich Skippers Gedanken. »Wenn es sie gibt, dann haben wir sie schnell gefunden. Los, suchen wir!«

Wir verteilten uns und musterten ein Regal nach dem anderen. Die Suche dauerte keine Minute, dann hatte ich gefunden, was Skipper meinte. »Hier drüben!«

Sekunden später tauchte Skipper neben mir auf. Wir standen vor einem raumhohen Regal, in dem sich eine Menge Codex Manesse streng geordnet aneinanderreihten.

Skipper strich mit den Fingern über die Buchrücken. Ich an Zorros Stelle würde den echten Codex zur zusätzlichen Sicherheit außerhalb der bequemen Griffweite der Kunden platzieren.«

Ich stieg auf einen Stuhl und begann, die oberste Etage an Büchern zu durchstöbern. Skipper nahm sich die unterste Ebene vor.

Nach dem sechsten Codex hatte ich Erfolg. Vorsichtig, um möglichst keinen Lärm zu verursachen, zog ich das alte Buch aus dem Regal. »Nichts geht über deine Logik, Skipper. Der wertvolle Codex Manesse - überwältigend! Ich habe ihn mir noch nie genauer angesehen.«

»Kannst du später machen«, sagte Skipper kurz angebunden. »Jetzt nichts wie weg hier!«

»Roger. Es wird Zeit, dass wir das Museum verlassen. Mit gefällt es plötzlich überhaupt nicht mehr hier drinnen.«

Wir liefen zum Shop-Ausgang und - blieben wie vom Blitz getroffen stehen. Ich spürte augenblicklich, wie mein Herz zu rasen begann. Skipper wich keinen Schritt von meiner Seite. Auch sie starrte wie gelähmt zur Tür hinüber.

Selbst in der halbdunklen Dämmerung erkannten wir die Gestalt, die dort stand.

– 38 –

Yoda versperrte uns den Fluchtweg. Er rührte sich nicht. Nur sein schleimiges Lachen drang zu uns herüber - kalt und endgültig.

Ein paar Sekunden in denen nichts geschah, niemand etwas sagte, verstrichen.

Mein rasender Puls trieb mir den Schweiß auf die Stirn. Skipper erging es nicht viel anders.

Jetzt hob Yoda seine Waffe. »Hier ist eure Endstation, Freunde! Ihr nehmt gleich den Fahrstuhl nach oben - nach *ganz oben*, wenn ihr kapiert, was ich meine.« Er krächzte ein schadenfrohes Lachen. »Ich bin nicht so dämlich wie meine vertrottelten Kumpel. Ich gehe nach System vor, begann meine Suche nach euch deshalb hier unten. Im Erdgeschoss lauern meine Männer auf euch. Wärt ihr nicht hier gewesen, hätte ich euch in den Obergeschossen schnell aufgestöbert. Aber so: ein herzliches Willkommen!«

Wir wussten nur zu gut, welchen Fahrstuhl Yoda meinte.

»Vorher aber helft ihr mir noch. Vielleicht überlege ich es mir dann noch mal, euch das Licht auszuknipsen.«

Ich witterte eine Chance, hatte aber alle Mühe, einen klaren Gedanken in klare Worte zu fassen. »Helfen? Wobei?«

»Den Codex Manesse zu finden. Genauer gesagt, den Verräter, der ihn gestohlen und versteckt hat.«

»Uns fehlt selbst jede Spur von Kilian«, sagte Skipper mit etwas zittriger Stimme.

»Spart euch das miese Schauspiel! Es gibt keinen Kilian!«, sagte Yoda ernst. »Vermutlich wisst ihr das schon länger als ich.«

»Wie kann er mir dann das Buch abgenommen haben?«, sagte Skipper. »Das ist passiert.«

Yoda hob die Pistole und kam ein paar Schritte näher. »Ich weiß nicht, wer ihr seid und unter welchem Stein ihr hervorgekrochen seid, aber ihr seid schlaue Köpfe und habt Mumm. Solche Leute imponieren mir. Vor allem, wenn sie erst in eurem zarten Alter sind. Bestimmt wisst ihr mehr, als ihr zugebt - viel mehr. Zugegeben, ihr spielt eure Rolle perfekt. Doch ich bin auch kein Anfänger. Ich hab einen Maulwurf in meiner Truppe. Einer will mich austricksen und die Kohle selbst einsacken. Aber dazu wird es nicht kommen. Das ist eure absolut letzte Chance: Wer hat sich als Kilian Schwarz ausgegeben? Komisch, eine innere Stimme flüstert mir ständig zu, ihr wisst das.«

– 39 –

Skipper und ich wagten kein Wort. Yodas Annahme, wir wüssten, wer sich hinter Kilian verbirgt, jagte uns doch einen gehörigen Schrecken ein. Eine glaubwürdige Antwort musste her - und das schnell. Schweigen konnte Yoda in dieser Lage durchaus als Eingeständnis werten. Noch während ich zögerte, kam Skipper mir zuvor.

»Zorro«, sagte sie trocken. »Zorro versucht, Sie hereinzulegen.«

Yoda war sichtlich überrascht. Anscheinend klang die Wahrheit sehr überzeugend.

»Ich habe ihn an der Stimme erkannt«, erklärte Skipper weiter.

»Zorro!« Yodas Mundwinkel begannen zu zittern. Sein Unterkiefer bebte wütend vor Zorn. »Zorro! Ich wusste, dass ich ihm nicht vertrauen kann. Dieser verräterische Schweinehund!« Außer sich vor Wut ballte Yoda die Faust und schlug sie gegen einen Stapel Bücher, der neben dem Regal mit den Gemäldepostern stand.

Diesen Moment der Ablenkung nutze ich eiskalt aus. Ich folgte dabei einem Impuls, der tief aus meinem Inneren kam und mich unwillkürlich handeln ließ.

Ich sprang einen Schritt vor und trat Yoda mit einem kräftigen Fußtritt die Waffe aus der Hand. Die Pistole schlitterte über den Boden und kam irgendwo in der Dunkelheit zum Liegen.

Erstaunt und zugleich verblüfft über unsere Unerschrockenheit drehte Yoda sich um und funkelte uns wutentbrannt an. Im selben Augenblick schlug Skipper zu. Sie schlug ihre Handfläche gegen Yodas Nasenspitze.

»Ah!«, schrie der Gangsterboss unter Schmerzen auf. Er fasste sich mit beiden Händen schützend an die Nase und taumelte einen Schritt rückwärts, als ihm die Tränen in die Augen schossen und er nur mehr verschwommen sah.

»Schnell weg hier!«, rief ich Skipper zu.

Wir rissen die Tür auf und schlitterten auf den Korridor hinaus.

»Tausend Dank an Professor Miller für seinen PRINS-Kurs in Selbstverteidigung«, konnte ich mir nicht verkneifen anzumerken.

Aber das waren auch schon die letzten Worte, die ich Skipper zuwarf. Am Fuße der Treppe schnappte eine böse Falle zu: Batman und Zorro versperrten uns den Weg.

»Game over«, sagte Batman eiskalt und grinste unter seiner Maske.

Hinter unseren Rücken flog die Glastür zum Shop fast aus ihren Angeln, so heftig stieß Yoda sie auf. Noch immer schützte er seine Nase. Er keuchte und hechelte mit dem Mund nach Luft. Offenbar war seine Nase von Skippers Schlag zugeschwollen. »Führt sie ab ins Sicherheitsbüro!«, japste Yoda.

»Was verflucht noch mal geht hier vor?«, fragte Batman. »Ich schiebe stundenlang Wache. Wir müssten längst hier weg sein.«

»Erklär ich dir später, Bat«, murrte Yoda. »Weg mit ihnen!«

»Zorro hat was von einem unerwarteten Eindringling gequatscht, der uns die Beute abspenstig machen will. Ein Typ namens Schwarz?«

Yoda schniefte nur und stieß uns grob nach vor zur Treppe. »Schwarz klebt bereits wie die Fliege im Netz der Spinne. Den schnappen wir uns gleich.«

– 40 –

Yoda, Batman und Zorro führten uns wie zwei Verbrecher unter Polizeischutz in das Sicherheitsbüro. Tick, Trick und Track lungerten gelangweilt auf Schreibtisch und Stühlen herum. Simon Potter kauerte noch immer bewusstlos auf seinem Stuhl, als hätte man die Batterie aus einer Spielzeugpuppe genommen.

»Da sind unsere Partykiller ja endlich!, lebte Track auf. »Erledigen wir sie sofort?«

»Langsam«, antwortete Yoda. »Zuerst müssen wir das Problem namens Kilian Schwarz aus dem Weg räumen. Dann kommen die dran.«

»Ihr habt auch Schwarz erwischt?«, fragte Tick.

»So könnte man das nennen, ja.«

»Aber ich seh ihn hier nirgends«, mischte sich Trick ein.

Yoda lachte nur abfällig. Er genoss seine Überlegenheit und die Tatsache, dass seine Leute im Dunkeln tappten. »Legt alle eure Waffen auf den Schreibtisch!«, befahl Yoda.

Seine Komplizen sahen sich fragend an. Sie wussten ganz offensichtlich nicht, was sie von dieser Anweisung halten sollten.

»Los! Macht schon!«

Einer nach dem anderen warf seine Pistole achtlos auf den Schreibtisch.

»Was soll das, Yoda?«, fragte Batman.

Yoda machte eine bewusste Kunstpause. Er wollte seinen nächsten Worten dadurch eine größere Wirkung verleihen.

»Wir haben einen Verräter in unseren Reihen.«

Sofort ging ein aufgebrachtes Murmeln durch die Bande.

Schließlich sagte Tick: »Das ist eine schwere Anschuldigung, Yoda. Wir haben einen Ehrenkodex, wie du weißt.«

Yoda nickte stumm. »Umso schwerer wiegt das Vergehen von Zorro.«

»Was ... Was soll das ... Ich ...« Zorro wich augenblicklich die Farbe aus dem Gesicht. Knochenbleich stand er da, alle Augen richteten sich auf ihn.

Langsam trat Yoda auf Zorro zu und streichelte ihm mit der Waffe über die Wange. »Her mit dem Codex!«

Zorro brachte vor lauter Angst kein Wort hervor.

»Er ist einer von uns, Yoda«, sagte Track.

»Wer uns verrät, ist keiner mehr von uns!«

Zorro rang nach Worten. »Ich habe niemanden verraten!«, keuchte er. »Ich ...«

»Spar dir die billigen Ausreden! Das Mädchen hat dich an deiner Stimme identifiziert!«

Nur eine halbe Minute später hatte Yoda für alle zusammengefasst, wie die Dinge gelaufen waren. Noch immer stand er Zorro direkt gegenüber.

Batman und Track postierten sich vor der Bürotür, um eine Flucht Zorros zu verhindern.

»Warum, Zorro?«, fragte Yoda sanft wie ein Kätzchen. »Warum hast du uns für dumm verkauft?«

»Ich ...«

»Lass dir ruhig Zeit, Zorro.«

Zorro schluckte trocken.

»Na? Fällt's dir wieder ein?«

»Ich ... wurde beauftragt«, gab Zorro schließlich zu. »Er bezahlt mir die dreifache Kohle wie mit dir vereinbart.«

Yoda stutzte. »Wie mit mir vereinbart?« Er sah, dass Schweißperlen über Zorros Schläfen liefen. »Heißt das etwa, die Amsel hat dich gekauft, um mich zu linken?«

Zorro atmete stoßweise. Dann brachte er ein verkrampftes Nicken zustande.

»Ich will es aus deinem Mund hören«, sagte Yoda bedrohlich ruhig.

Zorros Kinn begann zu zittern.

»Sag es!«, brüllte Yoda ihn an.

Skipper und ich zuckten zusammen, genau wie die anderen Anwesenden auch.

»Es war die Amsel«, stotterte Zorro.

Yoda wich einen Schritt zurück und wanderte jetzt vor Zorro auf und ab. »Willst du mir vielleicht sagen, wer sich hinter der Amsel versteckt?«, fragte Yoda wieder berechnend kalt und ruhig. »Das könnte dein Schicksal vielleicht etwas erträglicher machen ...«

»Ich kenn die Amsel nicht.«

»Natürlich. Hätt ich mir denken können.«

»Das ist die Wahrheit, Yoda«, stammelte Zorro. »Die Amsel hat mich per Telefon angeheuert, wie dich auch.«

Yoda blickte Zorro tief in die Augen, dann marschierte er weiter auf und ab. »Warum tut die Amsel das? Warum spielt sie ein doppeltes Spiel mit uns?«

»Ich weiß es«, sagte ich.

Mit einem Ruck lasteten alle Blicke auf mir.

− 41 −

Auch Skipper starrte mich entrüstet an. Ich war mir sicher, dass sie genau das Gleiche dachte wie ich.

»Du hast ein vorlautes Mundwerk, Kleiner«, blaffte Yoda mich an. »Ich warne dich, übertreib es nicht. Zu euch beiden kommen wir ohnehin noch!«

»Lass ihn reden, Yoda«, schaltete sich Tick ein. »Du selbst hast gesagt, sie sind enorm auf Draht. Uns läuft langsam die Zeit davon.«

»Meinetwegen«, grunzte Yoda.

»Die Sache liegt klar auf der Hand«, begann ich meine Theorie. »Die Amsel heuert eine Gruppe an, weil ein Einzeltäter die drei Stromzufuhren draußen vor dem Museum nicht gleichzeitig kappen kann. Wenn das geschehen ist, übernimmt der eigentliche Auftragnehmer das Kommando - verdeckt natürlich. Zorro hintergeht euch, kassiert dreifach, die Amsel bezahlt so nur die Hälfte von sechs Personen und hat die Millionen trotzdem - gewonnen!«

»Klingt logisch«, murrte Yoda.

»Diese Verräter!«, keifte Tick. »Ihr habt uns einfach ausgenutzt!«

»Bringen wir die Sache gleich hier zu Ende«, sagte Batman wütend. »Jetzt. Er kann uns bei den Bullen hochgehen lassen.«

»Später«, entschied Yoda. »Ich versprech dir, die erhalten ihre gerechte Strafe - alle, die uns an der Nase herumgeführt haben. Er trat wieder vor Zorro. »Zuerst aber will ich die Beute. Wo hast du sie versteckt?«

Zorro stand da, wie zu Stein erstarrt.

»Wo!«, brüllte Yoda wieder los und setzte Zorro die Pistole an das Kinn.

»Im Museums-Shop«, sagte Zorro zaghaft. »Im Regal zwischen den nachgemachten Souvenir-Codex.«

Skipper warf mir einen besorgten Blick zu. Uns beiden war klar, dass Zorro damit seine Lebensversicherung aufgegeben hatte.

»Gutes Versteck«, sagte Yoda. »Hätte ich dir gar nicht zugetraut, Zorro.« Dann wandte er sich den anderen zu. »Ich bin in einer Minute wieder hier. Nehmt eure Knarren und haltet die Verräterbande in Schach. Kurzer Prozess, falls einer auf dumme Gedanken kommt!«

»Den Weg können Sie sich sparen!«, riefen Skipper und ich wie aus einem Mund.

Uns war klar, Zorro steckte in echten Schwierigkeiten. Er war ein Einbrecher, ja, aber wir durften nicht zulassen, dass ein viel schlimmeres Verbrechen passierte.

»Was soll das jetzt wieder heißen, Kleiner?« Yoda drehte sich um und hielt inne.

Skipper zog den Reißverschluss ihres Rucksacks auf, holte den Codex Manesse heraus und legte ihn auf den Schreibtisch. »Hier, die Beute.«

Die Bande trat näher. Jeder starrte gebannt auf den mittelalterlichen Liederband. Yoda Strich anerkennend über den Einband, schlug eine Innenseite auf.

»Ihr überrascht mich immer wieder«, sagte Yoda und musste kopfschüttelnd lachen.

Zorro entspannte sich und lehnte sich mit dem Rücken erschöpft gegen die Wand. Er atmete tief durch.

»Ihr schreckt vor wirklich nichts zurück«, sagte Yoda. »Wie seid ihr abermals an das Buch gekommen? Wer seid ihr überhaupt?« Yodas Gedanken schienen in eine unergründliche Ferne zu schweifen. »Wieso seid ihr im Museum? Das ist kein Zufall, oder?«

»Ist doch egal«, sagte Track. »Wir haben das Ding. Nichts wie weg hier!«

Alle warteten auf Yodas Antwort. Doch der griff nach dem Codex und nahm ihn mit der Taschenlampe unter die Lupe.

Sekunden später grapschte er sich einige Seiten des Codex Manesse, riss sie ruckartig aus dem Buch und in kleine Stücke. Sein Blick verfinsterte sich wutgeladen.

– 42 –

Im Aufzug konzentrierte sich Dex auf jedes Wort und Geräusch, das er mithörte.

»Yoda! Bist du übergeschnappt!«, kreischte Batman. »Der Codex gibt ein paar Mille her!«

»Nicht einen Cent gibt er her!«, schnauzte Yoda zurück. »Das ist eine Fälschung.«

Dex raufte sich die Haare. Er mochte kaum glauben, was er da soeben im Lift mitgehört hatte. Die Situation spitzte sich gefährlich zu. Luke und Skipper befanden sich in den Händen der Gangster. Dagegen konnte er nichts unternehmen. Aber Yoda hatte die aktivierte Sprechanlage spitzgekriegt. Lange würde sein Versteck nicht mehr halten. Im Moment aber beschäftigte ihn Yodas Entdeckung des gefälschten Codex weitaus mehr.

»Damit hab ich nichts zu tun, Yoda!«, beteuerte Zorro schon zum zweiten Mal. »Wie sollte ich ein mittelalterliches Liederbuch fälschen? Ich bin nur ein Taschendieb, einer, der in der U-Bahn Handtaschen klaut, nichts weiter.«

»Das kauf ich dir sogar ab, Zorro«, sagte Yoda. »Du bist wirklich nicht mehr als ein billiger Kleinkrimineller. In diesem Punkt bin ich ganz deiner Ansicht.«

»Irgendjemand führt uns hier auf die ganz krumme Tour hinters Licht«, sagte Tick.

Yoda nickte zustimmend. »Und komischerweise drängt sich mir schon wieder der Verdacht auf, dass unsere beiden Freunde hier, mehr wissen, als wir alle zusammen.«

»Da irren Sie sich!«, rief Skipper sofort.

Yoda griff sich den Codex und hielt ihn Skipper unter die Nase. »Ist dies das Buch, welches du aus der Glasvitrine genommen hast?«

»Es sieht genau so aus, ja«, antwortete Skipper.

»Und dein Ehrenwort: Vorher ist dir dieses Buch niemals in die Hände gekommen?«, fragte Yoda ernst nach.

»Ehrenwort! Wir sind nur rein zufällig im Museum!«

»Glauben Sie, für eine Fälschung hätten wir uns dem Risiko ihrer Männer ausgesetzt?«, sagte Luke.

»Dann müssen wir wohl oder übel ihn befragen«, sagte Yoda und deutete auf Simon Potter. »Der Direktor eines Museums muss schließlich über die Herkunft seiner Exponate Bescheid wissen.«

»Professor Potter wird uns dank Ihnen nicht sehr hilfreich sein können«, sagte Skipper.

»Halt den Mund!«, schnauzte Yoda sie an.

»Den kriegen wir schon wach«, sagte Track. »Da ist ein Küchenblock.« Gleich darauf war ein Rumpeln zu hören. Er durchsuchte die Schubladen.

»Der Codex Manesse ist eine Fälschung«, überlegte Dex. »Irgendjemand muss die Originale ausgetauscht haben. Vermutlich sind auch alle Gemälde der Ausstellung nur Kunstkopien. Aber wer hat das getan? Wann? Warum? Die Universität Heidelberg, der Leihgeber? Traut sie dem Sicherheitssystem des Museums nicht? Die Geschäftsleitung, um kein unnötiges Risiko einzugehen? Oder einer der Angestellten, der sich damit sofort ins Ausland absetzt, einige Zeit wartet, die Exponate dann am Schwarzmarkt verkauft und sich eine Villa in der Karibik zulegt? Oder es war doch Zorro, der sich in Sachen Kunst viel besser auskennt, als er vorgibt - und der ganz schön viel riskiert?«

Dex' Gedanken kreisten und kreisten um das Gehörte. Plötzlich kam ihm ein höchst beunruhigender Gedanke: Was, wenn Yoda auf die Idee kam, Luke, Skipper und Simon Potter würden unter einer Decke stecken? Will er den Professor deshalb wachkriegen?

»Ich hoffe nur, dass es dazu nicht kommt«, murmelte Dex. »Wenn Yoda wieder ausflippt, dann trau ich dem Burschen zu, dass er seine Waffe einsetzt!«

– 43 –

»Wer ist in der Lage, an Fälschungen für weltberühmte Kunstgegenstände zu kommen?«, dachte Yoda laut nach.

Ich warf Skipper einen besorgten Blick zu. »Was wird Yoda mit uns machen, wenn das hier vorbei ist?«, flüsterte ich.

Track wühlte noch immer in den Schubladen des kleinen Küchenblocks. Simon Potter kauerte nach wie vor bewusstlos auf seinem Stuhl. Er war blass im Gesicht. Vielleicht hatte ihn Yodas Schlag schwerer getroffen, als wir alle glaubten. Ich hoffte, dass er wieder zu sich kommen und nicht in ein Koma verfallen würde.

»Hast du was gefunden, Track?«, blaffte Yoda ungeduldig. »Wir haben nicht ewig Zeit.«

Zorro verhielt sich ruhig. Vermutlich wusste er, dass es besser war, Yoda nicht noch mehr zu reizen.

Im Abstellfach über der Kaffeemaschine wurde Track fündig. Er übergab Yoda einen Pfefferstreuer. Ohne Zeit zu verschwenden, griff Yoda danach und hielt ihn Simon Potter unter die Nase.

Mit einem immer stärker werdenden Niesanfall, der ihn kräftig durchschüttelte, kam der Professor langsam zu sich. Er blinzelte, griff sich an den Kopf. Als er sich einigermaßen gesammelt hatte, blickte er sich verstört um. »Was ... Was ist passiert?«

»Willkommen zurück aus dem Land der Träume, verehrter Herr Potter«, sagte Yoda gespielt überfreundlich.

»Ich verstehe nicht ...«, stammelte Simon Potter.

»Sie werden gleich verstehen«, fiel ihm Yoda ins Wort. »Sehr gut sogar.« Simon Potter griff um sein Taschentuch und nieste noch einmal kräftig. Er wischte sich die tränenden Augen trocken.

»Es hat sich Einiges ereignet, seit 21:07 Uhr«, sagte Yoda und schritt im Büro auf und ab. »Das hier zum Beispiel ...« Er nahm den Codex Manesse und warf ihn Professor Potter achtlos in den Schoß.

»Sind Sie verrückt!«, zischte der Professor. »Der ist Millionen wert! Wenn der auch nur einen Kratzer bekommt!«

»Genau«, zischte Yoda. »Dann erkennt sogar der größte Nichtfachmann das Buch als billige Kopie.«

»Was reden Sie da! Ein Doppel? Ausgeschlossen!« Simon Potter strich sanft über das Liederbuch und betrachtete es, als wäre es sein Kind. »Ausgeschlossen.«

»Ich beweise es Ihnen gerne, lieber Professor.« Yoda riss ihm den Codex aus der Hand. Mit einer kraftvollen Bewegung riss er ein weiteres Blatt aus dem Buch.

Wie vom Schlag getroffen riss Simon Potter die Augen auf. »Haben Sie den Verstand verloren!«

Yoda grinste Professor Potter nur schief an. Dann hielt er ihm die Rissstelle des Pergaments vor Augen. »Kommen wir zur Sache, Herr Professor. Wie Leder wird auch Pergament aus Tierhäuten hergestellt, die man allerdings ungegerbt in eine Kalklösung legt, bevor Haare, Oberhaut und anhaftende Fleischreste abgeschabt werden. Anschließend wird die Haut gereinigt, gespannt und getrocknet. Die Oberfläche wird mit Bimsstein geglättet und mit Kreide geweißt. Je nach Sorgfalt der Bearbeitung bleibt die unterschiedliche Oberflächenstruktur von Fleisch- und Haarseite deutlicher oder weniger deutlich erhalten: Die Fleischseite ist glatt, die Haarseite zeigt die Poren. Die feinste Qualität wurde aus Häuten neugeborener oder ungeborener Ziegen und Lämmer hergestellt. Auf Pergament vom Kalb sind die Haaransätze als feine Punkte sichtbar, das der Ziege weist regelmäßige, etwas gereihte Punkte auf, Pergament vom Schaf ist honigfarben. Wie erklären Sie sich dann, dass dieses Blatt Pergament auf beiden Seiten spiegelglatt und die gelbliche Färbung nur an den Oberflächen vorhanden ist? Könnte es sich bei dieser Imitation um modernes bedrucktes Papier handeln?«

Schweigen machte sich breit.

»So etwas fällt einem auf, wenn die Eltern eine Buchhandlung führten, in der auch Faksimile, also originalgetreue Kopien von alten Büchern, verkauft wurden. Vor uns liegt eine Farbkopie, wenn auch eine wirklich gute, zugegeben. Wo befindet sich der echte Codex Manesse?«

– 44 –

»Fälschungen sind einfach nicht möglich«, bestand Professor Potter auf seiner Meinung. »Wir haben die Exponate mit den Eigentümern zusammen hierher überstellt - persönlich.«

»Sie tischen uns hier eine Lügengeschichte auf, Professor!«, verkündete Yoda überzeugt. Er packte Simon Potter am Kragen, riss ihn vom Stuhl hoch und starrte ihm tief in die Augen. »Sie lügen, Potter.« Unsanft warf er den Professor auf den Stuhl zurück. »Ich kenne die genauen Umstände noch nicht, aber Sie sind nicht das fromme Lamm, das Sie uns hier vorspielen.«

»Sie reimen sich krampfhaft ein Hirngespinst zusammen!«, verteidigte sich Simon Potter. »Verständlich, da Ihr Einbruch fehlgeschlagen hat.«

»Maul halten!«, schrie Yoda. Er zückte seine Waffe und richtete sie auf Simon Potter. »Sie spucken jetzt augenblicklich die Wahrheit aus, oder Sie erleben den nächsten Sonnenaufgang nicht mehr!«

»Ich kann Ihnen keine Wahrheit sagen, wenn ich die Wahrheit nicht kenne!«

Yoda legte den Finger enger um den Abzug. »Die Wahrheit!«

»Ich ...«

Ein Schuss knallte.

Skipper und ich zuckten erschrocken zusammen.

Dann rieselten Putz und Staub von der Wand hinter Professor Potter.

»Okay! Okay!«, rief Simon Potter eingeschüchtert. »Ich werde reden. Aber stecken Sie die Knarre weg!«

»Sie, Professor!«, rief Skipper bestürzt. »Sie stecken in der Sache drinnen?«

»Es tut mir leid«, sagte Simon Potter reuevoll. »Ja, ich habe das Original gegen eine Fälschung ersetzt.«

»Warum?«, fragte ich ebenso verblüfft.

»Wie wir gerade selbst erleben, sind die Sicherheitsanlagen des Museums bei Weitem nicht auf dem modernen Stand der Technik. Mit etwas technischem Wissen ist es ein Kinderspiel, die Alarmanlagen zu umgehen und Exponate zu rauben. Das bewies schon im Jahre 2003 der spektakuläre Raub der Saliera, des goldenen Salzfasses von Benvenuto Cellini - geschätzter Wert 50 Millionen Euro.

Schon damals haben die Sicherheitsmaßnahmen fehlgeschlagen. Ich ...«

»Weiter, weiter!«, drängte Yoda ungeduldig.

»Unter diesen Gegebenheiten konnte ich eine derart wertvolle Sonderausstellung nicht riskieren. Die einzigartigsten malerischen Kunstwerke der Menschheit an einem Platz vereint, tägliche Presse ... Das muss Langfinger förmlich anziehen. Und ein Diebstahl dieser einmaligen Exponate würde das Museum in den Ruin treiben.«

»Dann sind wir die letzten drei Stunden wertlosen Kopien nachgejagt!«, ärgerte sich Tick. »Diese Story kauft uns die Amsel niemals ab. Wir müssen die Originale auftreiben!«

»Bin ganz deiner Meinung, Tick«, sagte Yoda. »Wo sind die echten Exponate?«

Simon Potter blickte Yoda nur stumm an.

»Sagen Sie es ihm, Professor«, riet Skipper. »Nur so kommen wir hier lebend raus.«

»Skipper hat recht«, pflichtete ich bei. »Sie händigen Yoda die Originale aus, er lässt uns dafür gehen. Vermummt, wie alle sind, können wir keinen beschreiben. Wir sind als Zeugen ungefährlich.«

»Scheint, die beiden sind schlauer als Sie, Professor«, knurrte Yoda.

»Also gut, ich verrate es Ihnen. Die Originale befinden sich ... außerhalb des Museums.«

»Lassen Sie sich nicht jedes Wort aus der Nase ziehen!«, rief Yoda ärgerlich. »Wo genau?«

»Auf meinem Hausboot. Im Tresor.«

Yoda blickte Simon Potter missgelaunt an. »Weiter! Wo liegt Ihr verdammtes Hausboot vor Anker?«

»Auf der Donauinsel.«

»Ihr habt es gehört. Wir brechen hier sofort die Zelte ab. Auf, zur Donauinsel!«

»Sie wollen zu mir auf die *Queen of Ocean*?«, rief Professor Potter verstört.

»Soll ich der Amsel vielleicht Fälschungen übergeben?«, blaffte Yoda. Er schnippte mit den Fingern. Sofort standen seine Männer stramm. »Tick, Trick und Track, ihr verfrachtet ihn nach draußen. Zorro auch. Lasst ihn nicht entkommen, ich hab noch was Besonderes mit ihm vor.«

»Und die beiden da?«, fragte Batman.

»Auch mitnehmen«, befahl Yoda. »Für euch fällt mir auf dem Boot auch noch was ein. Abmarsch!«

Die Bande führte uns aus dem Büro wie eine Gruppe Gefangener.

»Ich brauche mein Smartphone - unbedingt«, sagte Simon Potter, als wir die Kuppelhalle erreichten. »Es liegt oben in meinem Büro. Ohne das kann ich den ...«

»Eine dümmere Ausrede fällt Ihnen nicht ein, wie?«, lachte Yoda. »Bat, nimm ihnen die Telefone ab, damit sie draußen nicht auf blöde Gedanken kommen.«

Batman fackelte nicht lange. Zuerst mussten Skipper und ich unsere Handys übergeben, dann entriss er Zorro das Telefon.

»Los jetzt!« Yoda marschierte voraus.

Wir sahen es nicht, konnten es aber regelrecht spüren. Die Gangster hatten immer eine Hand an ihren Waffen, während sie uns Richtung Hinterausgang drängten. Für eine Flucht bestand keine Chance mehr. Yodas Geduld war augenscheinlich am Ende. Dex blieb unsere einzige Hoffnung. Er hatte alles belauscht. Ich musste nur irgendwie dafür sorgen, dass er aus dem Lift freikam. Aber wie?

»Schneller!«, befahl Yoda.

»Wir müssen ihn dazu bringen, den Strom wieder einzuleiten«, flüsterte mir Skipper zu. Sie schien das Gleiche zu denken wie ich.

Ich nickte kaum sichtbar. Batman rempelte mich an der Schulter und stieß mich vorwärts. Tick, Trick und Track ließen Zorro keine Sekunde aus den Augen.

– 45 –

»Es geht mich ja nichts an«, bemerkte ich ganz nebenbei, »Aber ich würde die Stromversorgung wieder herstellen.«

»Sonst noch einen Wunsch, Kleiner?«, knurrte Yoda, während wir durch das Erdgeschoss gingen. »Machst dir wohl Sorgen um die vielen Bilder hier drin? Vergiss es, du wirst sie wahrscheinlich nie wieder zu sehen bekommen.«

Ich fluche innerlich. Yoda würde nicht einfach tun, was ich vorschlug. Ich musste es anders versuchen. »Die Gemälde habe ich alle gesehen«, sagte ich. »Aber einmal pro Nacht sieht ein privater Security-Dienst nach allen Museen der Stadt. Meistens so gegen Mitternacht. Noch ist es nicht zu spät. Würde sofort auffallen, wenn die Nachtbeleuchtung nicht brennt.«

Skipper grinste mir verstohlen zu. »Clever«, murmelte sie.

»Raus hier!«, rief Yoda, als wir den Ausgang erreichten.

Batman machte sich daran, die Tür zu öffnen. Er verwendete dazu ein handygroßes Gerät, das einer Ladestation für Batterien glich. Die Tür sprang auf und frische Nachtluft wehte uns entgegen. Ich dachte an Dex, war aber dennoch froh, endlich aus diesem Gebäude rauszukommen.

Wir traten ins Freie. Weit und breit war keine Menschenseele zu sehen. Nur die nächtlichen Geräusche der Stadt drangen zu uns herüber. Autos brausten entlang, Straßenbahnschienen knirschten ... Mir kam es vor, als wäre ich tagelang im Museum eingesperrt gewesen. Dabei hatten wir es gerademal vor etwas mehr als drei Stunden betreten. Dads Erlaubnis, die Beobachtung der Ausstellung zu übernehmen, schien ewig lang her zu sein.

»Ich traue dem privaten Security-Dienst nicht«, sagte Yoda. »Diese erfolgshungrigen Nachtwächter schöpfen am Ende doch tatsächlich Verdacht, wenn in den Fenstern keine Nachtbeleuchtung zu sehen ist. Tick, Trick und Track, ihr übernehmt das. Die Einspeisungskästen für die drei Stromzuleitungen liegen in Sichtweite beisammen. Ihr geht jeder zu einem Verteiler. Auf ein Handzeichen von mir leitet ihr gleichzeitig den Strom wieder ein.«

Tick, Trick und Track nickten und schwärmten aus. In ihren schwarzen Tarnanzügen waren sie kaum zu sehen, als sie sich an den Schaltstellen postierten. Zum Zeichen, dass sie bereit waren, den Strom zu aktivieren, hoben sie eine Hand hoch.

Yoda überzeugte sich, dass alle drei ihn sahen. Dann gab er ein Handzeichen, als starte er ein Laufrennen. Die hohen Fenster des Museums flackerten schwach auf und ihre Farbe schlug von Schwarz auf gedämpftes Grau um.

Sekunden später waren Tick, Trick und Track zurück. »Auftrag ausgeführt, Boss«, berichtete Tick.

»Los, zum Lieferwagen!«, ordnete Yoda an.

Der schwarze Sharan war im Schutz einer Eibenhecke versteckt geparkt. Batman riss die Seitentür auf. Tick, Trick, und Track sprangen auf die Rücksitze, dann folgten Zorro und wir. Zuletzt sprang Batman in den VW und schloss die Tür. Yoda setzte sich hinter das Steuer, Simon Potter neben ihm. Tick richtete ihre Waffe auf den Professor.

»Nun leiten Sie uns auf schnellstem Weg zur *Queen of Ocean*«, befahl Yoda. »Und keine faulen Tricks!«

– 46 –

Ein ruckartiger Stoß erschütterte die Liftkabine und riss Dex aus seinen Gedanken. Er hob den Kopf und hörte ein elektrisches Brummen über ihm. Das Licht in der Kabine flackerte kurz auf und erhellte dann den Lift.

»Scheint, als wäre der Strom zurück«, sagte er zu sich selbst. »Warum fährt dann die verdammte Kabine nicht nach oben? ... Klar! Ich hab ein paar der Kabel gekappt. Das dürfte kein großes Problem sein, wenn stimmt, was uns Professor Winston in Physik erklärt hat. Auf naturwissenschaftliche Fächer wie Physik, Chemie und Biologie legte man an der PRINS großen Wert. Allgemeines breites Wissen wurde als Basis für Erfolg angesehen.«

Dex drückte den Etagenknopf mit der Zwei und stieg dann auf den Handlauf der Kabine. Vorsichtig, um keinen elektrischen Schlag abzubekommen, suchte er nach dem stärksten Kabel, das er durchgeschnitten hatte. Es lief an einem der Halteseile entlang und mündete durch eine Öse in der Kabinendecke. Angeklemmt war es in einer Art

Schaltdose. Gleich über der Dose hatte Dex das Kabel durchtrennt. Er griff sich das obere Ende des isolierten Stromleiters und presste den innen liegenden Kupferdraht auf das Gegenstück, das aus der Dose ragte. Ein gewagtes Unterfangen, wie er wusste. Rutschte er ab, konnte er sich leicht elektrisieren. Aber ihm blieb nichts anderes übrig im Angesicht der Situation. Erst knisterte es kurz an den Kabelenden, dann glitt die Aufzugskabine nach oben.

Dex schmunzelte in sich hinein. »Gratulation, Professor Winston.«

Der Lift fuhr am Ausstieg des Obergeschosses vorbei. Dex wollte ganz nach oben. »Eigentlich sollte ich so schnell wie möglich Lobec und die Polizei verständigen«, sagte er sich. »Aber wenn ich recht habe, schweben Luke, Skipper und Professor Potter in allerhöchster Lebensgefahr!«

Im zweiten Stockwerk erreichte der Lift seine Endstation und hielt an. Leise glitt die Flügeltür zur Seite. »Endlich raus aus diesem Gefängnis«, atmete Dex erleichtert durch. Er sprang auf den Korridor hinaus und sah sich um.

»Jetzt muss ich rasch das Büro von Professor Potter finden.« Dex lief den Korridor entlang. Der engen Liftkabine entflohen, wurde ihm plötzlich klar, dass er sich im größten Gebäude befand, das er seit Langem betreten hatte. Eigentlich sah es gar nicht aus wie ein Museum, eher wie ein herrschaftliches Schloss aus alten Kaiserfilmen. Er bog um eine Ecke und sein Blick fiel auf ein Hinweisschild an der Wand: Museumsverwaltung.

Augenblicke später erreichte er den Bürotrakt. Von einer Messingplakette neben der vierten Tür zu seiner Linken las er ›Direktion‹ ab.

»Hoffentlich ist es auch da«, murmelte Dex.

Er drückte die Türklinke.

»Mist!«

Die Tür zur Direktion war verschlossen. Dex blickte sich angespannt um. Er musste da rein, irgendwie. Auch wenn er dadurch jetzt den Alarm auslösen würde. Aber das schadete ohnehin nicht. So schlug er gleich zwei Fliegen mit einer Klappe!

»Tut mir leid für dich, Pablo!« Dex hob die Marmorbüste von Pablo Picasso von einer der Standsäulen im Gang. Er hob den Steinkopf hoch und schlug ihn gegen das elektronische Türschloss. Augenblicklich schrillte der Alarm los - ohrenbetäubend laut heulte die Sirene durch die weiten Hallen und Korridore. Die Tür ließ sich jetzt öffnen.

Wie viel Zeit blieb ihm, bis die Polizei ihn verhaften würde? Fünf Minuten? Zehn?

Dex hastete in das Büro und drehte das Licht an. Im ordentlich aufgeräumten Büro dauerte es nicht mal eine Minute, bis er gefunden hatte, worauf er gehofft hatte. »Jetzt nichts wie weg hier!«, spornte er sich selbst an.

Er schob das iPhone in seine Hosentasche, verließ das Büro und flog die Treppen förmlich hinunter bis in das Erdgeschoss. Er entschied sich, durch die Tür zu fliehen, durch die sie gekommen waren. Er musste auf direktem Wege zur *Queen of Ocean*.

Dex erreichte das Freie. So schnell er konnte, querte er den Maria-Theresien-Platz, vorbei am Denkmal der Kaiserin, und rannte zum nächsten Taxistandplatz.

»Taxi!«, rief er von Weitem. Außer Atem erreichte er die parkenden Autos, sprang in einen Mercedes und sagte: »Zur Donauinsel, schnell. Wir müssen jemanden einholen. Das ist ein Notfall! Wir müssen zu einem Hausboot. Die *Queen of Ocean*!«

Der Taxilenker stutzte verblüfft. »Wird das ein Actionfilm?«

»Drücken Sie bitte auf's Gas!«

»Na, endlich mal was los hier!« Der Taxilenker grinste und raste los.

– 47 –

Im Sharan zierte sich Simon Potter, den Weg genau zu beschreiben. Vermutlich dachte er, Yoda würde uns alle beseitigen, wenn er seine Beute erst in den Händen hielt.

Als wir die Donauinsel über die Reichsbrücke erreichten, mischte sich ein dünnes, aber merkliches Zittern in Professor Potters Stimme. Batman, Tick, Trick und Track ließen hingegen Zorro keine Sekunde aus den Augen. Sie konnten es immer noch nicht fassen, dass er sie aufs Kreuz legen wollte.

Nach etwa vier Minuten Inselfahrt erreichten wir eine kleine Hafenbucht. Hier war es mitten in der Nacht so ausgestorben wie auf einem Friedhof. Yoda parkte den Sharan in der Nähe eines Holzsteges, an dem ein rund elf Meter langes Hausboot vertäut war - die *Queen of Ocean*.

»Aussteigen und keine Dummheiten!«, warnte Yoda. »Meine Knarre ist geladen!«

Wir gehorchten und gingen den Steg entlang zum Boot. Die Geräusche der Stadt drangen nur aus weiter Ferne zu uns herüber. Das sorgte dafür, das das Gefühl der Angst auch in mir und Skipper mit jedem Schritt stärker wurde. Hier draußen bekam kein Mensch etwas mit von dem, was auf der Insel geschieht.

Einer nach dem anderen stiegen wir auf die *Queen of Ocean* hinüber.

»Die Tür zum Kajütendeck ist verschlossen«, sagte Simon Potter zögerlich. »Ich muss sie mittels Code ...«

Weiter kam er nicht mehr.

Plopp!

Ein gedämpfter Schuss zersplitterte das Türschloss. In der Dunkelheit hatte niemand mitbekommen, dass Yoda einen Schalldämpfer auf seine Pistole geschraubt hatte.

Ich spürte, wie sich mein Magen verkrampfte. Das dumpfe Ploppen jagte uns einen mörderischen Schreck ein - zugegeben.

Yoda trat mit dem Fuß gegen die Kajütentür und sie flog auf. »Bitte nach Ihnen, Professor«, sagte er spöttisch. Dabei sah er Simon Potter scharf an. »Das ganze Pack rein da!«

In der Kajüte wartete Yoda, bis wir alle in der Mitte des Raumes standen. »Auf den Boden setzen!«, befahl er Zorro, Skipper und mir. »Mit dem

Rücken aneinander.« Dann wandte er sich Professor Potter zu. »Wo ist der Tresor?«

Simon Potter zögerte mit einer Antwort. Schweiß stand ihm auf der Stirn.

»Wohl nicht mehr sehr gesprächig, unser lieber Professor? Wollen Sie lieber, dass ich einen von den beiden ...« Er wedelte mit der Waffe in unsere Richtung.

»Nein!«, wehrte Simon Potter schnell ab. »Sie können nichts dafür.«

»Also dann, wo ist der Safe?«

»Im Einbauschrank hinter dem TV-Flachbildschirm.«

Ohne eine weitere Erklärung abzuwarten, stieß Yoda Simon Potter beiseite. Er ging auf den Monitor zu, der vor einem Schrank hing und an der Decke befestigt war. Hastig klappte er den Bildschirm zur Seite und öffnete die dahinterliegende Kastentür. Im Schrank kam tatsächlich ein eingebauter Tresor zum Vorschein. Das Tastenfeld war deutlich zu erkennen. »Öffnen!«, befahl Yoda.

Professor Potter zeigte keine Reaktion.

»Sie weigern sich?«

»Nein ...«

»Aber?«

»Ich ... ich ...«

»Spucken Sie's aus Potter!«

»Ich kann den Tresor nicht öffnen«, stammelte der Professor.

Skipper warf mir einen fragenden Blick zu. Was zum Teufel führte Simon Potter da im Schilde? Ihm musste doch klar sein, dass er mit dem Feuer spielte.

»Was reden Sie da für dämliches Zeug!«

»Ich kenne den aktuell gültigen Zahlencode nicht.«

»Wie bitte?« Yoda lachte auf. »Sie pokern ganz schön hoch, Professor.« Er hob seine Waffe.

»Der Tresor ist mit einer speziellen Alarm-Software ausgestattet«, erklärte Simon Potter zittrig. »Der Öffnungscode ändert sich alle vierundzwanzig Stunden automatisch. Das integrierte System erzeugt einmal am Tag einen neuen Code. Es würfelt praktisch. Dieser Code wird dann vom System an mein Smartphone gesendet. Ich habe Ihnen im Museum vorhin gesagt, dass ich mein iPhone brauche.«

Yoda stand nur da und musterte den Professor wütend. Seine Finger schlossen sich fester um den Pistolengriff.

– 48 –

Für einige Augenblicke machte sich beängstigende Stille breit. Dann schnippte Yoda mit den Fingern. Tick, Trick und Track standen sofort an seiner Seite. Batman hielt Zorro in Schach.

»Dieser Holzkasten kann nicht allzu stabil sein«, sagte Yoda. »Reißt den Safe raus, wir nehmen ihn mit. Wenn es sein muss mit dem Schrank!«

»Zwecklos«, sagte Professor Potter.

»Wie bitte?«

»Ich rate Ihnen davon ab, den Tresor aus seiner Verankerung zu nehmen.«

»Sie raten mir ab? Wie nett von Ihnen, lieber Herr Professor!«

»Ich meine es ernst ...«

»Wollen Sie mir vielleicht drohen?«

»In keiner Weise ...«

»Aber?«

»Das Alarmsystem ist so ausgeklügelt, wird die Verankerung des Safes gelöst, ohne dass man zuvor den gültigen Code eingibt, sendet es sofort eine Einbruchsmeldung an die Polizei ab.«

Wieder herrschte für Sekunden atemloses Schweigen.

»Sie bluffen, Professor.«

»Bestimmt nicht. Ich will am Leben bleiben und Sie die Beute. Warum sollte ich lügen. Sie können es ja versuchen, reißen Sie den Tresor aus dem Schrank, legen Sie uns anschließend um und türmen Sie. Es befindet sich ein GPS-Sender innen im Safe. Ehe Sie ihn aufgeschweißt haben, sitzt Ihnen die Kripo im Nacken.«

Yoda ließ die Waffe sinken und rieb sich die Stirn.

»Wir müssen noch mal ins Museum zurück«, sagte Track.

»Und sein Handy holen?«, entgegnete Trick. »Auf keinen Fall!«

»Hat wer eine bessere Idee?«, fragte Batman.

»Ich.«

Yoda riss die Augen auf und fuhr erschrocken herum. Diese Stimme hatte er noch nie gehört. Auch die anderen richteten ihre Blicke alarmiert zur Kajütentür.

»Wer bist du?«, fragte Yoda den Fremden an der Tür.

»Der, den Sie im Aufzug des Museums in all Ihrem wütenden Zorn übersehen haben.«

»Dex!«, rief Skipper erleichtert. »Wir wussten, dass du kommst.«

Dex trat einen Schritt näher. Langsam zog er Simon Potters iPhone aus der Hosentasche. »Das ist es doch, was Sie brauchen ...«

– 49 –

Yodas Überraschung verflog schnell. Er richtete seine Pistole auf Dex. »Ich frag dich zum letzten Mal: Wer bist du?«

»Dexter Davis. X-Team der privaten Ermittlungsagentur Lobec.«

Sofort ging ein nervöses Raunen durch Yodas Bande.

»Schüler, die uns bespitzeln!«, entfuhr es Tick. »Ich glaub's einfach nicht!«

»Schnauze!«, schrie Yoda. »Welche Leute kreuzen noch hier auf? Von was für einer Ermittlungsagentur faselst du da?«

»Die private Ermittlungsagentur Lobec gehört meinem Vater«, sagte ich jetzt. »Meine beiden Freunde und ich sind ein Team, das verdeckte Ermittlungen anstellt, Beweise sammelt und Fakten erhebt.«

»Wir sind ungewollt in die ganze Sache geschlittert«, erklärte Skipper.

Yoda raufte sich die Haare. »Haltet alle die Klappe, verstanden! Mir ist es scheißegal, wer ihr seid oder was ihr seid. Her mit dem Telefon - sofort!«

Dex reichte Yoda das iPhone. Yoda nahm es an sich und warf es Professor Potter zu. Dieser fing es ungeschickt auf.

»Rufen Sie den aktuellen Code auf«, befahl Yoda.

»Der existiert nur mehr in meinem Kopf«, sagte Dex. »Ich habe ihn auswendig gelernt und dann die SIM-Karte in die Donau geworfen.

»Er hat recht«, sagte Simon Potter und drückte auf dem Display umher. »Das Telefon ist tot.«

»Das seid ihr auch gleich alle!«, brüllte Yoda. »Bringt ihn zum Sprechen!«

Trick und Track packten Dex und zerrten ihn in die Kajüte. »Das können Sie sich alles sparen«, sagte Dex.

Ich wusste, worauf er hinaus wollte. Auch Skipper und ich hatten diesen Verdacht schon angestellt.

»Ich verrate Ihnen den Code freiwillig. Aber nur, wenn Sie mir eine Minute geben, um zu erklären, was hier wirklich abläuft.«

Yoda musterte Dex misstrauisch. »Wenn das wieder eine Finte von euch ist, dann war's das endgültig für euch drei.«

»Keine List«, versicherte Dex.

»Gut. Eine Minute, keine Sekunde länger«

Dex atmete durch, dann begann er seine Ausführungen. »Durch den Stromausfall saß ich wie gesagt im Aufzug fest. Durch die Sprechanlage hörte ich jedoch alles, was im Büro der Museums-Security gesprochen wurde.«

Tick, Trick und Track, Batman, Zorro und Yoda. Die Gangster horchten gespannt auf Dex' Worte.

»Kombiniert man die Fakten einigermaßen geschickt, liegt klar auf der Hand, warum der Codex Menasse ausgetauscht wurde. Abgesehen davon, dass er das kleinste Exponat und somit am leichtesten zu verstecken ist.«

»Genauso klar ist, warum Zorro Sie hintergehen wollte«, fügte ich an.

»Und wer der Drahtzieher hinter der ganzen Geschichte ist«, sagte Skipper.

Eine Pause entstand. Yodas Unterkiefer bebten vor Wut. »Raus mit der Sprache, knurrte er.

Dex wandte seinen Blick nach links. Dann sagte er: »Simon Potter.«

Dem Professor blieben fast die Worte im Hals stecken. »Was ... Ich ... Das ist doch ... Das ist Blödsinn. Völliger Blödsinn!«

»Die Geschichte ist ganz logisch«, sagte Skipper. »Sie verbergen sich hinter dem Decknamen der ›Amsel‹. Sie haben Yoda engagiert, um den Codex Manesse zu stehlen.«

»Das ist eine Lüge!«

»Ist es nicht«, sagte ich. »Jemand der Fremde so exakt informiert, wie die mehrfach abgesicherte Stromzufuhr des Museums lahmzulegen ist, der muss bestens mit dem Gebäude vertraut sein. Das kann nur ein Kenner wie Sie.«

»Jetzt macht mal einen Punkt«, wehrte sich Simon Potter. »Jeder Mitarbeiter kennt sich damit aus. Das ganze Sicherheitsteam auch. Und ihr verdächtigt ausgerechnet mich? Also bitte ...«

»Ich kann es beweisen«, sagte Dex.

Simon Potter wich jede Farbe aus dem Gesicht.

– 50 –

»Ihr Fehler war, dass Sie unbedingt an Ihr Smartphone wollten. Auch dann noch, als Sie in der Gewalt dieser Bande waren. Da hat man doch wohl andere Sorgen, dachte ich mir. Warum also war Ihnen das iPhone so ungeheuer wichtig? Ich lief in Ihr Büro und sah mir die Daten und Notizen durch ...«

»Das ist gegen den Datenschutz!«, rief Simon Potter. »Das kommt dich teuer zu stehen.«

»Ich fand zwei Übergabetermine. Einen mit Yoda, einen mit Zorro. Yoda hätte den Codex kommenden Mittwoch aushändigen sollen, Zorro schon am Dienstag. Zweifellos haben Sie alle Daten Ihres Plans vom Handy gelöscht. Aber ist der Speicher des Telefons voll, werden die Daten auf die SIM-Karte ausgelagert. Und diese auch zu löschen, haben Sie dummerweise vergessen.«

Simon Potter bebte vor Wut.

»Das Original stehlen, gegen ein Duplikat zu ersetzen und dieses in die Vitrine zu stellen, funktionierte nicht«, erklärte ich weiter. »Fachleute hätten den gefälschten Codex schnell als Imitat entlarvt und wären Ihnen auf die Spur gekommen. Fällt das Buch aber vor der Eröffnung der Ausstellung, noch ehe ihn jemand zu Gesicht bekommen hat, einem Einbruch zum Opfer, dann fällt der Verdacht nicht auf Sie, Herr Professor.«

»Und schon winkt das große Geld«, sagte Skipper. »Die Versicherung muss Millionen blechen. Sie verstecken das Original für ein Jahr oder zwei, dann verkaufen sie den echten Codex unter der Hand an private Sammler und kassieren nochmals. Nach Jahren kann niemand mehr nachvollziehen, woher das alte Buch kommt und welchen Weg es genommen hat.«

Allmählich schien Yoda alles zu durchschauen. »Und wir wären mit einer billigen Kopie dagestanden und hätten die Bullen auf den Fersen. Aber warum das Spiel mit Zorro?«

»Hätte der Plan mit Zorro geklappt, hätte sich die Bande gegenseitig beschuldigt. Vermutlich hättet ihr euch sogar bekämpft. Die Polizei hätte an einen typischen Bandenkrieg geglaubt, euch eingebuchtet und die Akte geschlossen. An Simon Potter hätten sie keinen Gedanken verschwendet.«

»Der Plan des Professors wäre auch aufgegangen«, sagte ich. »Aber dann, und damit hat er nicht gerechnet, bemerkten Sie, Yoda, dass das Pergament nicht durchgehend Pergament war, also eine Fälschung sein musste.«

Betretenes Schweigen machte sich breit. Alle Augen funkelten den Professor an.

Yoda schritt langsam auf Simon Potter zu. Vor ihm blieb er stehen und sah ihn abfällig an - sekundenlang.

Dann, blitzschnell, knallte er ihm die Faust gegen das Kinn.

Simon Potter ging zu Boden wie ein gefällter Baum. Er stöhnte noch, dann blieb er liegen.

»Wir machen einen Deal«, sagte Yoda zu Dex. »Eure Freiheit gegen den Code, und dann kreuzen sich unsere Wege nie wieder. Um den Verräter von Professor kümmern wir uns.«

»Tut mir leid«, sagte Dex. »Das verstößt gegen die Regeln von Lobec.«

»Ich hab wohl was an den Lauschern, oder wie?«, sagte Yoda.

»Wir dürfen nicht zulassen, dass jemand umgebracht wird«, sagte ich. »Oberstes Gebot unserer Agentur ist es, Leben zu schützen.«

»Dann beißt ihr eben mit dem Professor ins Gras!«, blaffte Yoda. »Ich hab euch für schlauer gehalten.«

Von draußen drangen plötzlich Polizeisirenen in die Kajüte. Sie kamen schnell näher.

»Die Bullen!«, sprang Batman alarmiert auf.

»Schnell weg hier!«, schrie Tick panisch.

»Nur mit der Beute!«, befahl Yoda. Er packte mich am Kragen, riss mich an sich und legte den Finger um den Abzug seiner Waffe. »Den Code - jetzt sofort!«

Skipper blickte verzweifelt zu Dex. Ich spürte, wie meine Knie butterweich wurden. Hätte mich Yoda nicht gehalten, ich wäre auf den Boden gesackt vor Angst.

»Was nützt Ihnen das jetzt noch?«, sagte Dex.

Er versuchte Zeit, zu schinden. Aber an seiner Stimme merkte ich, dass er ebenso panische Angst ausstand wie ich.

»Die Kombination!«, brüllte Yoda.

»Neun. Sieben. Elf. Vier. Null. Eins.«

Yoda stieß mich unsanft zu Boden. Im nächsten Moment hatte er den Safe geöffnet und hielt den echten Codex Manesse in seinen Händen.«

»Jetzt sind Sie um viele Millionen reicher«, sagte Skipper.

»Raus hier!«, befahl Yoda seinen Leuten. Keine fünf Sekunden später waren die Gauner durch die Kajütentür verschwunden.

»Danke, dass du ihm den Code gegeben hast, Dex«, sagte ich. »Ich bin fast gestorben vor lauter Angst.«

»Das sind wir alle«, sagte Skipper. »Aber stell dir vor, Yoda hätte seine Pistole eingesetzt, nachdem er die Zahlen von dir hatte.«

»Darum musste ich Zeit gewinnen«, sagte Dex. »Yoda konnte sich nicht sicher sein, dass ich ihm die richtigen Zahlen nenne. Was blieb ihm also zur Wahl: Noch schnell die Beute machen und als reicher Mann türmen, oder uns beseitigen und als Mörder von der Polizei gefasst zu werden?«

Erste Blaulichter schwappten von draußen in die Kajüte herein.

Aufgebrachte Stimmen waren zu hören und Autotüren knallten zu.

»Aha«, sagte Dex. »Scheint, als klicken gerade die Handschellen.«

»Was soll das heißen?«, fragte Skipper.

»Die sind nicht weit gekommen.«

Zusammen stiegen wir auf das Deck der *Queen of Ocean* hinaus.

Da standen sie in Reih und Glied, die Hände hinter dem Rücken mit Handschellen gesichert und mit den Gesichtern zu den Streifenwägen gedreht: Yoda, Zorro, Batman, Tick, Trick und Track.

»Unten im Hausboot ist noch einer«, sagte ich zu einem der Polizisten, als wir den Bootssteg verließen. »Er wird jeden Moment aufwachen.«

»Wieso sind die nicht mit dem Wagen abgehauen?«, überlegte Skipper.

Dex grinste nur verschmitzt. »Mit Zucker im Tank steht jede Karre. Der Taxilenker trinkt seinen Kaffee immer schwarz. Er war so nett, mir seine Zuckersammlung zu überlassen.«

Ende gut, alles gut?

Unser erster Fall war abgeschlossen. Zumindest galt das für unseren ersten Einsatz als X-Team im Stammbüro Wien. Die Büros in New York, London, Berlin, Sydney und Shanghai hatten reichlich zu tun.

Unsere morgendliche Besprechung zwei Tage später in der Ermittlungszentrale war zu einer Hipp-hipp-hurra-Party geworden. Mam hatte Mohnkuchen mitgebracht, und Dad servierte eine extragroße Tasse Kakao.

Unter der Neugier der Anwesenden lag es an mir, eine kurze Erklärung abgeben zu müssen. Ich kam mit vier Worten aus: »Wir haben sie ausgetrickst.«

Die ganze Belegschaft von Lobec Wien, Ermittler, Spurensicherer, Technikspezialisten, Chemiker, Mediziner, Computerfreaks ... applaudierte und schüttelte und anerkennend die Hände.

»Willkommen bei Lobec!«, rief Dad freudig in die Runde und zwinkerte mir zu. »Wir sind um ein starkes Team reicher geworden. Ein Team, das sich bei seiner ersten Aufgabe wirklich tapfer und besonnen geschlagen hat. Hoch! Hoch! Hoch!«

Ich war stolz, dass Dad stolz auf mich war - und auf meine Freunde.

»Wenn das dein Großvater erleben könnte«, sagte Skipper zu mir.

»Ja. Wenn er das sehen könnte. Er wäre auch stolz auf uns.«

»Er *ist* stolz auf uns«, sagte Dex. »Hey, er lebt in deinem Dad und dir weiter, Mann. Er *ist* stolz auf dich!«

Dad trat neben uns. »Na, wie fühlt man sich im Heldengeschäft?«

»Gut, Dad«, antwortete ich.

»Was geschah da wirklich um 21:07 Uhr?«, wollte Dad wissen.

»Nichts. Nur der Strom fiel aus.«

Dad blickte mich fragend an, dann lächelte er, legte die Hand auf meine Schulter und nickte zufrieden.

»Obwohl wir ehrlich gesagt, die Hosen einige Male gestrichen voll hatten«, gab Skipper zu.

»Wer?«, sagte Dex.

Alle lachten.

Niemand bei Lobec ahnte, dass bereits eine Sache auf uns zurollte, die uns in ungeahnte Schwierigkeiten bringen sollte.

ENDE

Martin Selle
mit Mag. Sabine Fürnkranz

KUNST *lesen*

Welche Geheimnisse Bilder uns verraten und wie sie zu uns sprechen

Leicht verständliche und kompetente Antworten, um die Botschaft der Malkunst zu verstehen

Martin Selle
mit Mag. Sabine Fürnkranz

Kunst *lesen*

INHALT

Liebe Kunst-Detektive!	264
Stammbaum der Kunstepochen	266
Die Malepochen und ihre Geheimnisse	267
Kunst der klassischen Antike	269
Kunst im Mittelalter	271
Renaissance	274
Manierismus	277
Barock	279
Rokoko	282
Klassizismus	285
Romantik	287
Biedermeier	290
Realismus	293
Historismus	295
Impressionismus	297
Expressionismus	299
Symbolismus	301
Jugendstil/Art Nouveau	303
Naive Malerei	305
Klassische Moderne	307
Kunst der Gegenwart	310

Nützliches Wissen	312
Erstaunliches und Verblüffendes	319
Tipps und Tricks für den Museumsbesuch	321

Liebe Kunst-Detektive!

Eine Detektiv-Geschichte, in der Kunst eine wichtige Rolle spielt, das freut die Kunsthistorikerin, die auch eine Leseratte ist, doppelt. Ebenso ein spannendes Buch für junge Leser, mit *dem* Thema, das für Wissenschaftler und Kunstbegeisterte immer wieder neue Rätsel bereithält: Gemälde.

Ein Bild sagt mehr als 1000 Worte! Die Menschen zu allen Zeiten haben das gewusst. Sie haben Bilder geschaffen, um ihre Welt und ihr Leben festzuhalten. Wichtige Personen oder Gegenstände wurden gemalt und somit dokumentiert (zum Beispiel Gemälde von Königen oder Landschaften), ganz ähnlich, wie wir heutzutage ein Foto machen. Oder ganze Geschichten wurden erzählt – fast so wie wir das aus Comics kennen. Denk nur an die Heiligen-Legenden auf mittelalterlichen Altären.

Spannend ist, dass die Künstler ganz unterschiedliche Sprachen sprechen (oder gesprochen haben, wenn sie schon tot sind) und wir die „Sprache" ihrer Bilder dennoch verstehen. Die Botschaft französischer, englischer, italienischer oder russischer Gemälde – um nur einige Beispiele zu nennen – können wir mit ein wenig Mühe klar erkennen.

Was man dazu braucht? In erster Linie eine gute Beobachtungsgabe. Wir müssen das Bild anschauen. Was ist dargestellt? Wird eine Geschichte erzählt? Wo sind die Details, die uns die entscheidenden Hinweise geben? Ein wenig Fachwissen ist selbstverständlich hilfreich. Damit gelingt die Erforschung schneller und sicherer.

Die folgenden schlauen Seiten geben dir eine spannende Übersicht über wichtige Daten der Kunstgeschichte. Sie zu kennen, bringt Kunst-Detektive auf die richtige Spur. Ich wünsche allen Leserinnen und Lesern viel Freude beim Entdecken der schönsten und spannendsten Sache der Welt – der Kunst. Viele inspirierende Stunden in den Museen und Kunststätten überall wo ihr sie findet.

Mag. Sabine Fürnkranz
Kunsthistorikerin, Kunst-Service Wien

Stammbaum der Kunstepochen

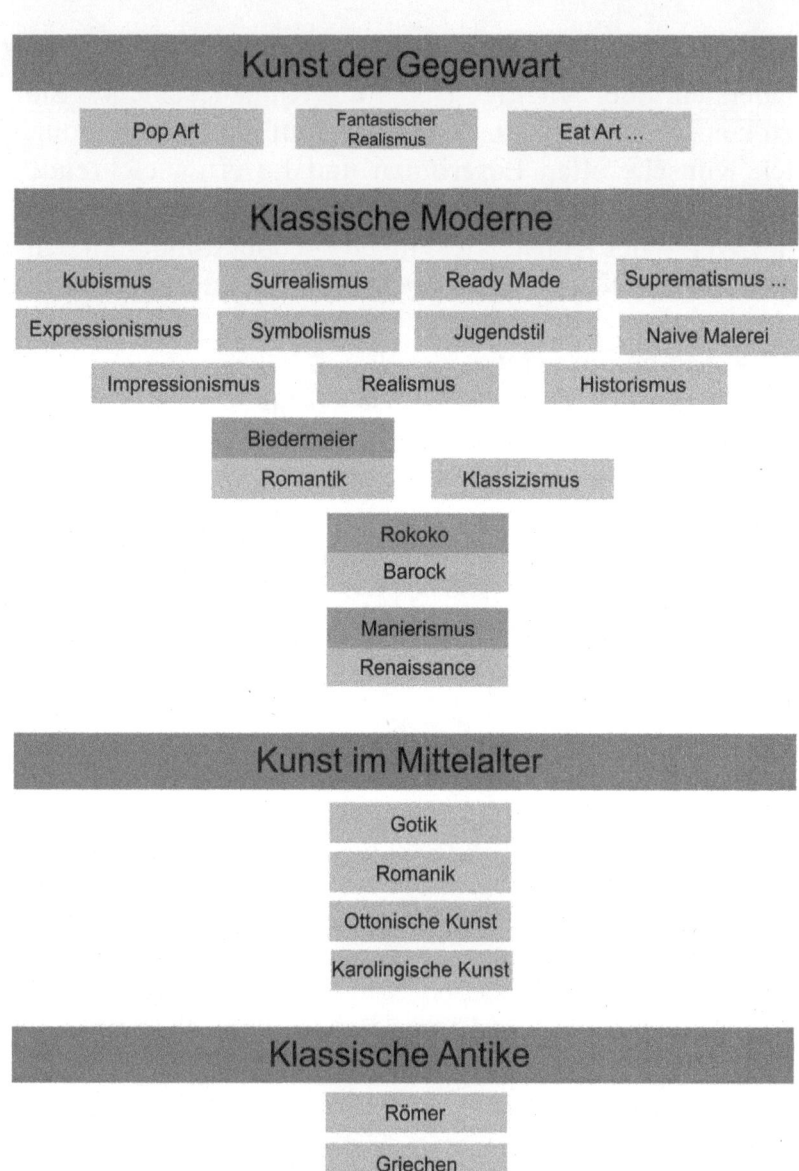

Die Malepochen und ihre Geheimnisse

Beim Erforschen der Kunst vergangener Zeiten haben Kunsthistoriker versucht, eine Ordnung zu finden, die Gemälde und Objekte zu sortieren. Dabei hat man erkannt, dass die Bilder einer bestimmten Zeit Gemeinsamkeiten haben. Sie sind beispielsweise aus ähnlichem Material, die Art der Malerei ist gleich und bestimmte Themen kommen besonders oft vor.

Da die Kunstgeschichte aus den Geschichtswissenschaften hervorgegangen ist, hat man die Einteilung in Epochen (Zeiträume) und Stilrichtungen gemacht. Vielfach bewährt sich dieses System bis heute, doch immer wieder passiert es, dass die Werke eines Künstlers nicht so recht in eine dieser „Schubladen" passen wollen, oder dass ein Künstler Bilder in unterschiedlichen Stilrichtungen macht. Tja, das ist die Freiheit der Kunst.

Die heutige Kunstgeschichte verlässt den strengen Epochenbegriff und sieht einschneidende geschichtliche Ereignisse als große Wendepunkte. Demnach bildet die Kunst der Griechen und Römer zwischen 600 v. Chr. und 410 n. Chr. (die Westgoten erobern Rom) die Basis der europäischen Kunst.

Zwischen 410 und 1527 (Sacco di Roma, die Plünderung der Stadt Rom) hat sich die europäische Kultur etabliert. Kirche und Staat hatten die Vorherrschaft.

Ab dem 16. Jahrhundert bildeten sich national (heimatgebunden) geprägte höfische Kulturen aus. Repräsentation stand im Vordergrund.

Zwischen 1770 und 1914 brachte das Zeitalter der Revolutionen (politische Aufstände, technische Erfindungen, wissenschaftliche Entdeckungen ...) große Neuerungen für die Welt und die Kunst.

1914 war wieder eine Wende, die Moderne entstand - die Folgen wirken bis heute.

Jede Malepoche birgt ihre ganz eigenen Rätsel und Geheimnisse. Entdecke sie auf den folgenden Seiten.

KUNST DER KLASSISCHEN ANTIKE
(ca. 500 v. Chr. – 410 n. Chr.)

- Vorwiegend ist die Kunst der Griechen und Römer gemeint.
- Die Malerei aus dieser Epoche ist im Laufe der Zeit zum größten Teil zerstört worden. Etwas dauerhafter waren Mosaike. Mosaike sind Bilder aus kleinen bunten Steinchen, Glasstückchen oder Keramikteilchen. Man verlegte die Steinchen in weichen Untergrund (Mörtel oder Tongemisch). Je kleiner die einzelnen Mosaikteilchen waren, umso naturnaher konnte man Figuren darstellen.
- Aus der Nähe sehen sie „gepixelt" aus – so wie wir das heute von schlecht aufgelösten digitalen Bilddaten kennen. Erst aus einer gewissen Distanz fügt das Auge die einzelnen Farbpunkte zu einem einheitlichen Bild zusammen.
- Bei den Römern (zum Beispiel in Pompeji oder auch in Carnuntum) schmückten Mosaike Wände und Fußböden, wie bei uns heute Tapeten und Teppiche.
- Die Mosaiksteinchen konnten auch mit echtem Gold unterlegt werden, was sie besonders schon leuchten lässt. Diese Bilder sehen besonders prächtig aus und zeigen die Macht und den Reichtum des Besitzers.
- Die Namen der Künstler kennen wir fast nie. Sie haben nicht signiert und Dokumente gibt es meist auch nicht. Nur in den Berichten der Geschichtsschreiber werden besonders berühmte Kunstwerke erwähnt. Meist sind dies Statuen.

Theseusmosaik, 4. Jh. n. Chr., Kunsthistorisches Museum Wien/Antikensammlung
Das Theseusmosaik wurde 1815 in einer römischen Villa auf den Loigerfeldern bei Salzburg entdeckt. Es erzählt die Sage von Theseus (ein Held der griechischen Mythologie) und Ariadne (Tochter des kretischen Königs Minos).

KUNST IM MITTELALTER (ca. 410 – 1490)

- Von der Kunst des Mittelalters ist mehr erhalten als aus der Antike. Mosaiken, Glasbilder, Freskenmalerei und Malerei auf Holz (Tafelbilder) wurden angefertigt.
- Die Minnesänger (Schlagersänger des Mittelalters) schrieben ihre Lieder in Liederbüchern nieder. Diese Bücher wurden mit Bildern geschmückt (Buchmalerei). Eines der berühmten Liederbücher mit Buchmalerei ist die Heidelberger Liederhandschrift C (Codex Manesse).
- Bücher wurden nicht gedruckt wie wir das heute kennen, sondern von Hand geschrieben und die Bilder wurden gemalt. Es dauerte viele Monate, manchmal sogar Jahre bis ein Buch fertig war. Die Bucheinbände sind reich verziert, manchmal sogar mit Gold und Edelsteinen. Dementsprechend teuer und kostbar waren Bücher.
- Kunst wurde in erster Linie zur Ehre Gottes gemacht, daher sind die Themen aus der Bibel genommen. Ganz nach dem Motto „ein Bild sagt mehr als tausend Worte" geben diese Gemälde Botschaften an die Gläubigen, egal ob sie gut lesen konnten oder nicht.
- In den göttlichen Szenen ist Gold ganz wichtig. Der Hintergrund aus Gold (echtes Gold) repräsentiert immer das göttliche Licht oder die Anwesenheit Gottes. Dadurch wird der Betrachter mit der „Ewigkeit" verbunden und die Allgemeingültigkeit des Dargestellten ausgedrückt.

- Auf älteren mittelalterlichen Altären werden die biblischen Geschichten ähnlich erzählt wie in Comics. Dabei werden einzelne Szenen aneinandergereiht und manchmal auch mit Text kombiniert.
- Man unterscheidet mehrere Malstile, da das Mittelalter sehr lange gedauert hat:
    - Gotik (ca. 1250 – 1500)
    - Romanik (ca. 1000 – 1250)
    - Ottonische Kunst (ca. 900 – 1000)
    - Karolingische Kunst (ca. 800 – 900)

Rogier van der Weyden (um 1399-1464) ist für seine gut durchdachten und sehr expressiven (ausdrucksstarken) Anordnungen und Bildgliederungen berühmt. Er war ein sehr genauer Beobachter, in seinen Gemälden findet man viele Details. In diesem Gemälde erkennt man beispielsweise die Tränen der Trauernden

Rogier van der Weyden : Kreuzabnahme, 1442, Öl auf Holz; Prado (Madrid)

RENAISSANCE
(ca. 1420 – 1530)

- Renaissance heißt Wiedergeburt (der Kunst). Sie setzte zuerst in Italien (Florenz) ein. Die Ideale der Antike sollten wieder gelten. Man orientierte sich an der Kunst der alten Römer.
- Die Menschen interessierten sich für andere Themen als im Mittelalter. Naturwissenschaften wurden auch in der Kunst wichtig, zum Beispiel die Mathematik. Motive sollten dreidimensional (3D, also auch in die Tiefe hinein gehend) dargestellt werden. Die richtige Wiedergabe der Größen von Objekten und Menschen war wichtig. Auch die Symmetrie (spiegelbildliche Gleichheit) hatte einen hohen Stellenwert.
- Das Konstruktionsprinzip der Zentralperspektive lässt sich auf Gemälden mit einem aus Quadraten gebildeten Fußboden (etwa Steinplatten) gut erkennen.
- Der Mensch wurde in den Mittelpunkt der Betrachtung gestellt. Auch Adelige und reiche Leute ließen Kunstwerke anfertigen. Die größten Werke wurden aber im Auftrag der Kirche geschaffen: die Fresken in der Sixtinischen Kapelle in Rom und im Petersdom.
- Gemälde wurden ab nun auf Leinwand gemalt und nicht auf Holz. Das ist für den Transport viel praktischer, weil man die Bilder von den Spannrahmen nehmen und rollen kann.
- Johannes Gutenberg erfand den Buchdruck. Bücher konnten nun rascher und billiger hergestellt

werden. Immer mehr Menschen konnten daher Bücher kaufen und lesen – Bildung wurde wichtig.
- Die berühmtesten Maler der Renaissance sind Michelangelo, Leonardo da Vinci, Tizian, Raffael und Albrecht Dürer. Raffael und Dürer waren die ersten Künstler, die ihre Werke durch Kupferstiche und Drucke vervielfältigten.
- Unterteilt wird die Renaissance in Früh-, Hoch- und Spätrenaissance.

Leonardo da Vinci war einer der berühmtesten Meister seiner Zeit – Maler, Erfinder, Organisator von Festen, kurzum ein Genie.
Er stammte aus Italien, war für italienische Fürsten und den Papst tätig und auch für den König von Frankreich. Die Mona Lisa von Leonardo da Vinci ist das berühmteste Gemälde der Welt.

Leonardo da Vinci: Mona Lisa, 1503/06, Öl auf Pappelholz, Louvre (Paris)

MANIERISMUS
(ca. 1530 – 1590)

- Die vollkommene Harmonie (Ausgeglichenheit, Freude, Zufriedenheit) der Hochrenaissance wurde als langweilig empfunden und so suchte man nach neuen Wegen.
- Die Bilder sollten spannender sein. Man malt Gegensätze, verzerrt Größenverhältnisse, verwendet unnatürliche Farbgebungen und stellt Absonderliches rätselhaft dar. Ein Weg war es z.B. die Personen in die Länge zu ziehen, so dass sie lange Hälse und lange Arme und Beine haben.
- Symbolische Darstellungen waren auch sehr beliebt. Der Meister in diesem Metier war Giuseppe Arcimboldo. Er komponierte seine Bilder jeweils aus zum Thema passenden Gegenständen.
- Weitere berühmte Maler waren El Greco (1541 – 1614) und Tintoretto (1518 – 1594).

Arcimboldo (um 1526 – 1593) war Hofmaler in Prag, wo er auch Feste organisierte.

Berühmt sind seine Portraits, die er aus Blüten, Früchten und Tieren oder Gegenständen kombinierte. Der Bibliothekar besteht vorwiegend aus Büchern und Schreibgeräten.

Giuseppe Arcimboldo: Der Bibliothekar, ca. 1565, Öl auf Leinwand, Schloss Skokloster Schweden

BAROCK
(ca. 1600 – 1770)

- Der Begriff leitet sich vom ital. barocco (= unregelmäßig) ab. Die Kunst suchte so wie der Manierismus einen anderen Weg als die Renaissance.
- Höfische Repräsentation war so wichtig, dass der ganze Tagesablauf eines Herrschers und damit des Hofstaates zu einem einzigen Zeremoniell erstarrte. Ludwig XIV. sagte „Der Staat bin ich".
- Viel Zeit und Geld wurde in die Ausstattung von Schlössern und Klöstern - gerade auch in Österreich gesteckt. Die Gebäude wurden mit Bildern und Statuen geschmückt und auch die Gärten hat man aufwändig gestaltet. Adelige hatten mehrere Schlösser: eines in der Stadt, eines mit Garten außerhalb, eines für Feste, für die Jagd ...
- Barockbilder wirken oft wie Bühnenbilder im Theater. Die Maler arbeiten stark mit den Eindrücken von Licht und Schatten. Caravaggio hat das Spiel des Hell-Dunkel besonders gut beherrscht. Er wurde zum Vorbild für viele.
- Die Maler des Barock trauten sich, Sinnlichkeit darzustellen, sie verherrlichten Pracht und Überschwang. Schlemmerei, Völlerei ... alles, was sich die Könige leisten konnten, sollte auf den Bildern zu sehen sein. Man wollte seine Macht zeigen. Der arme, einfache Mensch kam in dieser Malerei nicht vor.
- Spricht man heute von einer „barocken" Figur, dann könnte man das als vollschlank bezeichnen.

Alles wurde üppig, dramatisch und voluminös gezeigt. Dick zu sein war offenbar sehr schick.
- Berühmte Maler sind Rembrandt, Peter Paul Rubens und Diego Velázquez.

Jan Vermeer (1632 – 1675) wirkte in der sogenannten Goldenen Epoche (einer wohlhabenden Zeit) in den Niederlanden. Von ihm sind bisher nur 37 Bilder bekannt.

Über das Mädchen mit dem Perlenohrring wurde ein Film gedreht, was das Gemälde noch berühmter gemacht hat.

Jan Vermeer van Delft: Das Mädchen mit dem Perlenohrring, ca. 1665, Öl auf Leinwand, Mauritshuis (Den Haag)

ROKOKO
(SPÄTBAROCK, ca. 1720 – 1770)

- Der Begriff Rokoko kommt von einem bestimmten Muschelornament (franz. Rocaille = Muschel), das man gerne verwendet hat.
- Das Rokoko entspringt dem Lebensgefühl des französischen Adels im 18. Jahrhundert. Die wohlhabenden Menschen strebten nach einem sorglosen Leben am Lande, nach spielerischem Vergnügen in Lustschlössern, Pavillons und märchenhaften Gärten.
- Endlich ist man weg von der Symmetrie der Renaissance und von der Ernsthaftigkeit und dem strengen Reglement des (öffentlichen) barocken Lebens. Adelige spielen Bauern und Hirten, träumen sich in das einfache Leben.
- Der Malstil des Rokoko zeigt verspielte Leichtigkeit. Die schweren, prunkvollen Formen des Barock weichen einer zarten, zierlichen Darstellung. Architekturformen sind oft unregelmäßig, oft auch Bilder- und Spiegelrahmen.
- Die religiöse Malerei wird zurück gedrängt. Stattdessen malte man Hirtenszenen, Feste, Kostümbälle, Picknicks, Gärten. Unregelmäßige Schnörkel, Rüschen, Taft und Seide waren „in", ebenso Haartürme wie Zuckerwatte und Röcke, so breit, dass sie durch keine Tür passten. Die reichen Menschen staubten sich so viel Puder ins Gesicht, dass sie aussahen wie Puppen.
- In der Malerei verwendete man gerne Pastellfarben - zarte duftige, helle luftige Farbtöne. Die Bilder

sind übertrieben dekoriert, gut zu sehen bei Verzierungen von Möbeln und Gegenständen des täglichen Lebens.

Fragonard (1732 - 1806) drückte wie kein anderer das Lebensgefühl des Rokoko in Frankreich aus.

Die Schaukel: Jean Honoré Fragonard, 1767, Öl auf Leinwand, Wallace Collection (London)

KLASSIZISMUS
(ca. 1770 – 1840)

- An die Stelle der Gefühlswelt des Rokoko trat die Vernunft. Der Klassizismus ist eine Gegenbewegung zum Rokoko.
- Inhalt, Form und Farben der Malerei sollten immer klar erkennbar sein.
- Nach der Französischen Revolution (der König wurde 1789 gestürzt) waren die Bürger an der Macht. Der Prunk der Könige und des Adels sollten zerstört werden.
- Die Bürger suchten nach einem eigenen Stil. Sie fanden ihn wieder einmal in den Idealen der Antike: Symmetrie, gerade Linien, klare, helle Farben. Der Mensch und die Ideale der Revolution standen im Mittelpunkt – Freiheit, Gleichheit, Brüderlichkeit. Auch ein Bürger durfte portraitiert werden, nicht nur Adelige und Reiche.
- Der Klassizismus ist ein einziges Loblied auf die Antike. Jeder wollte Häuser, Kleider und Bilder im Römer-Stil.
- Antikenlook, also Römer- und Griechenschick, war noch mehr „in" als in der Renaissance.
- Weitere wichtige Künstler waren Jean-Auguste-Dominique Ingres und Angelika Kauffmann.

Jaques-Louis David: Der Schwur der Horatier, 1784/85, Öl auf Leinwand, Louvre (Paris)

Jacques-Louis David (1748-1825) malte hier eine dramatische Szene aus der Antike. Es geht vor allem um den Patriotismus (Heimatliebe) der handelnden Personen. David malt ihren Schwur so, als ob er auf einer Bühne stattgefunden hätte.

ROMANTIK
(ca. 1790 – 1840)

- Die Menschen trösteten sich über Unangenehmes hinweg, indem sie einfach an etwas Schönes dachten (ein Sonnenuntergang am See). Sie taten das, weil ihre Welt durch die Französische Revolution und die beginnende Industrialisierung größer und unbegreiflicher wurde. Viele hatten ein ‚ungutes' Gefühl. So gesehen ist die Romantik eine Gegenbewegung zum Klassizismus.
- Das Gefühl, der Einklang mit der Natur steht in der Romantik über dem Verstand. Die Natur wurde verehrt. Viele Gartenbilder entstanden.
- Auch die Größe und Gewalt der Natur wurden Themen. So malte man beispielsweise zum ersten Mal die höchsten Gipfel der Alpen und beeindruckende Wasserfälle. Die Menschen in diesen Gemälden sind oft klein und verletzlich oder sehr einsam dargestellt.
- Sagen und Märchen wurden wieder entdeckt, Mythen spielten im harten Alltag plötzlich eine Rolle.
- Die Romantik ist eigentlich kein Malstil, sondern ein von Liebe geprägtes Lebensgefühl. Die Liebe zur Natur steht im Vordergrund. So war es der Sinn des Lebens, eine Blaue Blume zu finden als Sinnbild für Sehnsucht und Verschmelzen mit der Natur – besonders in der Liebe.
- William Turner war der berühmteste romantische Maler in England.

Caspar David Friedrich (1774 – 1840) ist der Maler der Romantik in Deutschland. In seinen Gemälden ist der Mensch immer irgendwie einsam in der Natur dargestellt. Oft scheint zwischen dem Betrachter und dem Bild ein Abgrund zu sein, der diese Isolation noch betont.

Caspar David Friedrich: Der Wanderer über dem Nebelmeer, um 1818, Öl auf Leinwand, Hamburger Kunsthalle

BIEDERMEIER
(ca. 1815 – 1848)

- Der Epochenname geht auf Gottlieb Biedermeier zurück, eine von zwei Lyrikern (Ludwig Eichrodt, Adolf Kußmaul) erfundene Figur, die in ihren Gedichten vorkam (**Bieder**manns Abendgemütlichkeit, Bummel**meier**s Klage).
- Die Herrscher wehrten sich gegen die Revolutionen, sie verfolgten die Revolutionäre. Viele Menschen lebten daher zurückgezogen, kümmerten sich um Familie und Haus. Biedermeier ist also eine Gegenbewegung zum Klassizismus.
- Bildung war wichtig. Man las Gedichte und Bücher, Hausmusik wurde gespielt und Handarbeiten hergestellt. Heute würde man das „Cocooning" nennen (Ich schließe mich zuhause ein, die Welt da draußen interessiert mich nicht.).
- Gemälde bilden die Natur und das Leben ab. Die Bilder sind oftmals sehr realistisch und genau. Sie erinnern oft an ein Foto. Je genauer, desto besser. Die Wirklichkeit wurde aber gerne übersteigert und als so ideal dargestellt, wie man sie gerne gehabt hätte, denn damals war die Unzufriedenheit mit der Politik groß (1848 kam es dann auch zum großen Aufstand).
- Landschaften und Porträts wurden gerne gemalt. Besonders „in" waren Genrebilder, also die Schilderung von häuslichen Szenen und Familienportraits.

- Auch kleinere und nicht so teure Bilder wurden gemalt. Die Aquarelltechnik (Wasserfarbe auf Papier) erreichte ein sehr hohes Niveau.
- Für die Bebilderung von Büchern wurde oft die Lithografie (Steindruck, ein Vervielfältigungsverfahren für farbige Drucksachen) verwendet.
- Berühmte Maler sind Ferdinand Georg Waldmüller und Carl Spitzweg.

Friedrich von Amerling: Rudolf von Arthaber und seine Kinder, 1837, Öl auf Leinwand, Österreichische Galerie Belvedere Wien

Friedrich von Amerling (1803-1887) war ein berühmter Portrait-Maler. In diesem Bild (nächste Seite) hat er einen Vater und seine Kinder dargestellt. Die Mutter war schon gestorben. Sie ist in dem Gemälde im Hintergrund an der Wand zu sehen.

REALISMUS
(Mitte 19. Jh.)

- Realismus bedeutet „die Sache betreffend" (lat. realis).
- Realistische Malerei gab es auch schon früher, zum Beispiel Albrecht Dürers „Feldhase", aber Mitte des 19. Jahrhunderts wurde sie wieder besonders „in".
- Der Maler sollte nur Dinge darstellen, die er sehen und anfassen kann. Abbildungen sollten wirklichkeitsnah sein. Beliebte Motive waren die freie Natur, Städte und zum ersten Mal auch die Arbeitswelt der Menschen.
- Die Folgen der großen Erfindungen wurden gemalt, etwa die Eisenbahn. Dabei sah man die positiven Seiten, aber auch die negativen Auswirkungen der industriellen Revolution wie etwa das Elend der Fabrikarbeiter.
- Durch die Darstellung von Armut und Krankheit übten die Künstler auch Kritik an den in der Gesellschaft herrschenden Zuständen.

Gustave Courbet (1819 – 1877) begründete die realistische Malerei. In Bildern wie diesen zeigte er die Welt so wie sie ist, auch ihre weniger schönen Seiten.

Gustave Courbet: Das Begräbnis in Ornans, 1849, Öl auf Leinwand; Musée d'Orsay (Paris)

HISTORISMUS
(ca. 1850 – 1900)

- Ab ungefähr 1850 griffen die Künstler in ihrer Suche nach neuen Ausdrucksformen gerne auf frühere Epochen zurück. Historismus leitet sich von „Historia" ab, was Geschichte bedeutet.
- Es entstehen als Ausdrucksformen die Neoromanik, Neogotik, Neorenaissance, Neobarock ... („neo" = neu).
- Der Stil ist besonders in der Architektur gut zu erkennen. Zum Beispiel sind die Bauten der Wiener Ringstraße im Historismus entstanden – das Rathaus neogotisch, die Museen neorenaissance und das Parlament im Stil der Antike.
- Die Malerei folgt auch jeweils all den entsprechenden Idealen dieser früheren Epochen. Manche Künstler sehen ihre Vorbilder etwa in Leonardo und Raffael, andere in Rembrandt und Rubens.
- Gerne stellten die Maler Begebenheiten aus der Geschichte dar.

Hans Makart (1840 – 1884) war der Superstar der Ringstraßenzeit. Er organisierte Feste und stattete zahlreiche Gebäude mit großen Gemälden und üppigen Dekorationen aus. Er idealisierte, verherrlichte die Barockmalerei.

Hans Makart: Charlotte Wolter als Messalina, ca. 1875, Öl auf Leinwand, Wien Museum

IMPRESSIONISMUS
(ab ca. 1870)

- Das Gemälde „Impression - aufgehende Sonne", von Claude Monet (1872) gab der Kunstrichtung ihren Namen.
- Die Künstler wollten in erster Linie das Licht und die Luft malen, was nicht so einfach ist. Sie begrenzten ihre Figuren und Gegenstände nicht scharf. Es wurde gewissermaßen ungenau gemalt. Die Künstler wollten in erster Linie die Stimmung des Augenblicks einfangen und nicht die Wirklichkeit detailgetreu wiedergeben.
- Die Maler fügten dabei verschiedene Farben als Flecken aneinander, die sich bei Betrachtung aus der Ferne zu einer neuen Farbe zusammensetzten. Helle Farben wurden verwendet, auf Schwarz und erdige Farbtöne oft verzichtet.
- Die Künstler erkannten, dass sie nicht die Realität wiedergeben wollten, sondern den Eindruck, den wir davon haben. Naturwissenschaftliche Erkenntnisse spielten dabei eine Rolle, beispielgebend die Zerlegung des Lichts in Spektralfarben und andere Phänomene der Optik. Man wollte nicht die einzelne Blume genau darstellen, sondern das Leuchten einer Blumenwiese in flirrendem Licht ... und wenn möglich auch ein wenig vom Duft.
- Die Maler hatten es satt, in Studios geschichtliche Motive in dunklen Farben zu malen. Deshalb begannen sie, unter freiem Himmel zu malen, denn nur dort konnten sie das Licht wirklich einfangen.

Claude Monet (1840 – 1926) war ein großer Gartenfreund. Sein Garten in Giverny kann heute noch besichtigt werden. Mehrmals malte er die Seerosen in seinem Teich. Diese Gemälde zählen zu den berühmtesten der Welt, weil es noch keinem Künstler davor so gut gelungen ist, dieses Motiv so perfekt wiederzugeben.

Claude Monet: Seerosen, 1915, Öl auf Leinwand

EXPRESSIONISMUS
(ca. 1890 – 1914)

- Anfang des 20. Jahrhunderts war der seelische Zustand einiger Künstler sehr aufgewühlt und unzufrieden. Sie hatten genug von den überladenen Bildern des Historismus und den hellen, zarten, harmlosen Bildern der Impressionisten. Diese Bilder entsprachen nicht der Welt, die sie sahen: die Städte wurden immer größer, die Armut wuchs, alles deutete auf einen kommenden Krieg hin.
- So gründeten 1905 die Maler Ernst Ludwig Kirchner, Erich Heckel, Max Pechstein, Otto Mueller und Karl Schmitt-Rottluff die Künstlervereinigung „Die Brücke". Sie versuchten nicht mehr die sichtbare Natur abzubilden. Sie wollten ihren inneren Zustand, ihre seelische Unzufriedenheit und Zerrissenheit auf die Leinwand bringen.
- Das taten sie mit starken Farben, eigenartigen Formen und Motiven. Durch einzelne Farben oder Farbkontraste werden beim Betrachter Gefühle erzeugt. Rot wirkt meist aggressiv, blau eher beruhigend ...
- 1911 schlossen sich in München Künstler unter dem Namen „Der Blaue Reiter" zusammen. Sie wollten in der Liebe zu Natur und Tieren ihre Gefühle ausdrücken: Wassily Kandinsky, Franz Marc, August Macke, Gabriele Münter, Paul Klee.
- Heute würde man jemandem, in dem es innerlich brodelt, sagen: „Lass es raus!" Genau das taten die Expressionisten mit ihren ausdrucksstarken Bildern.

Liebe und Hass, Angst und Melancholie waren wichtige Themen in Edvard Munchs (1863-1944) Malerei. Die Hauptursache dafür war seine unglückliche Liebe zu einer Musikerin. Er drückte seine Gefühle durch starke Farben aus – rot, gelb und grün.

Edvard Munch: Der Schrei, 1910, Tempera auf Karton, Munch-Museum (Oslo)

SYMBOLISMUS
(ca. 1880 - 1910)

- Die Künstler dieser Richtung meinten, alle anderen Stile reichten nicht aus, um die tiefe innere Wahrheit und große Gefühle auszudrücken. Und nur darauf kam es an.
- Mithilfe von Zeichen, beispielsweise durch bestimmte Gegenstände und Personen, versuchte man diese Botschaften in die Bilder zu verpacken.
- Verwandt sind diese Künstler mit den Expressionisten und mit den Surrealisten.

Arnold Böcklin (1827 – 1901) malte mehrere Versionen der „Toteninsel". Auf allen nähert sich eine weiß gekleidete, verschleierte Person in einem Boot der Felseninsel. In der Mitte stehen dunkle, hohe Bäume. Beides, die dunklen Bäume und die weiße Figur, sind die stärksten Symbole für den Tod in diesem Bild.

Arnold Böcklin: Die Toteninsel (zweite Version), 1880, Öl auf Holz, Metropolitan Museum of Art (New York)

JUGENDSTIL/ART NOUVEAU
(ca. 1890 – 1914)

- Der Jugendstil war die erste Kunstbewegung, die versuchte, den gesamten Alltag mit Kunst zu durchdringen. Alles wurde von den Künstlern gestaltet: Möbel, Geschirr, Kleidung, Stoffe und Teppiche, Tapeten ... Heute würde man das wohl „durchgestylt" nennen.
- Einige Künstler des Jugendstils wollten die Natur in Farbe und Form wieder in die Städte zurückholen. Häuser wurden mit runden, geschwungenen Verzierungen versehen. Blumenmuster, fließende Haare, Wellen und Girlanden waren ‚in'.
- Andere suchten klare, ausgewogene Formen. Quadrate, Kreise und Dreiecke waren beliebte Motive. Die Zweckmäßigkeit und Funktionalität der Gegenstände war wichtig. Eine Kaffeekanne sollte zum Beispiel schön aussehen und auch gut in der Hand liegen.
- Auf den Bildern findet man schmückende Elemente. Einige Künstler bedeckten große Flächen ihrer Gemälde mit Ornamenten. Diese sind oft bunt und beinhalten auch echtes Gold – ähnlich wie im Mittelalter.
- In Wien, Berlin und München gründeten sich Künstlerbewegungen – die Sezessionen. Die Wiener Secession wurde von Gustav Klimt geführt.
- Gustav Klimt blickte oft durch ein Fernglas und malte, was er sah. Seine Bilder gehören heute zu den teuersten der Welt.

Gustav Klimt (1862 – 1918), einer der bedeutendsten Künstler des Jugendstils hat dieses Gemälde fast vollständig mit Ornamenten bedeckt. Nur die Köpfe, Arme und Beine der beiden Menschen sind naturalistisch dargestellt. Der elegante Eindruck entsteht nicht nur durch die genaue Malerei, sondern auch durch das echte Blattgold, das der Künstler verwendet hat.

Gustav Klimt: Der Kuss, 1907/08, Öl und Blattgold auf Leinwand, Österreichische Galerie Belvedere

NAIVE MALEREI

- Naive Kunst nennt man die Malerei von Künstlern, die das Malen nie gelernt haben (Laienmalerei) oder so tun als ob. Es gab sie im Grunde zu allen Zeiten.
- Um 1900 wuchs das Interesse für diese Art der Malerei. „Zurück zur Natur" ist die Devise, nichts soll kunstvoll oder gekünstelt sein. Einfache Malerei soll das wirklich Wichtige im Leben zeigen.
- Menschen, Tiere und Gegenstände werden einfach und klar abgegrenzt dargestellt. Meist gibt es keine Schatten.
- Die Bilder zeigen oft die persönlichen Wünsche und Träume der Maler und spielen dem Betrachter eine heile Welt vor.
- Die Bilder erinnern manchmal an Kinderzeichnungen.

Henri Rousseau (1844 – 1910) kommentierte viele seiner Bilder. Bei diesem wies er darauf hin, dass der Löwe sich der schlafenden Frau friedlich näherte und sie nicht tötete oder verletzte. Die ganze Szene ist friedlich; ein Zustand der Welt, den sich der Künstler gewünscht hat.

Henri Rousseau: Die schlafende Zigeunerin, 1897, Öl auf Leinwand, Museum of Modern Art, New York

KLASSISCHE MODERNE
(1900 – 1945)

Die Welt veränderte sich rasch und die Künstler wollten auch neue Wege gehen. Sie suchten nach einer Malerei, die der neuen Zeit gerecht werden konnte. So entstehen in dieser Zeit viele verschiedene Stilrichtungen. Die wichtigsten sind:

Im **Kubismus** (Pablo Picasso) zerteilen die Künstler die Welt um uns herum in wesentliche geometrische Formen wie Kugel, Quadrat und Kegel. Die Bilder sehen aus, als hätte der Künstler zum Beispiel eine Person von vorne, hinten und von der Seite in einem Bild gemalt.

Der **Surrealismus** (ab 1925) kombiniert in seinen Gemälden auf den ersten Blick nicht zusammen passende Dinge. Die Maler schalteten das Bewusstsein ab, sie wollten im Traum, Schlaf, Rausch und Trance Zugang zum menschlichen Unterbewusstsein bekommen und dann diese Traumwelten malen. Berühmte Maler sind Salvador Dalí, Joan Miró, René Magritte.

Die **Abstrakte Kunst** (ab 1910) ruft beim Betrachter kaum Erinnerungen an die Wirklichkeit hervor, da die Bilder fast keine Hinweise auf die uns umgebende Welt zeigen. Es geht den Künstlern um nicht Gegenständliches wie Gefühle und Stimmungen. Die abstrakte Malerei ordnet Linien, Farben und Formen einfach an, ohne Gegenstände absichtlich abbilden zu wollen.

Im **Dadaismus** (ab 1916) rebellierten die Künstler gegen die Welt indem sie alle Regeln ablehnten. Alles war erlaubt. Gerne verwendeten die Künstler die Technik der Collage, in der auch Sprache eine große Rolle spielte. Es entstanden überraschende und manchmal auf den ersten Blick unsinnig erscheinende Kunstwerke.

Die Künstler des **Futurismus** (ab 1909) wollten auch eine neue Ordnung der Welt – vor allem rasch. Geschwindigkeit und Bewegung waren unbedingt notwendige Elemente ihrer Arbeiten. Ein Radfahrer wurde beispielgebend so dargestellt, dass in einem Bild der gleiche Radfahrer mehrmals vorkam, immer ein wenig versetzt, und dadurch die Bewegung zu sehen ist.

Ein **Ready Made** oder Objet trouvé (franz. „gefundenes Objekt") erklärte Marcel Duchamp 1913 als erster zur Kunst. Ein Alltagsgegenstand wird meist so wie er ist zur Kunst, ohne großartige Bearbeitung. Die Künstler wiesen so auf die Schönheit und Einzigartigkeit auch der kleinen und eher unbedeutenden Dinge unserer Umwelt hin.
Marcel Duchamp (Ready Made): Fountain, 1917, San Francisco Museum of Modern Art

Der **Suprematismus** versucht die reine Idee darzustellen, ohne Bezug zur gegenständlichen Welt. Kasimir Malewitsch begründete diese Richtung mit seinem „Schwarzen Quadrat" im Jahr 1915.

Kasimir Malewitsch: Schwarzes Quadrat auf weißem Grund, 1915, Öl auf Leinwand, Tretjakow Galerie (Moskau)

KUNST DER GEGENWART
(seit 1945)

Nach dem zweiten Weltkrieg hatten die Menschen, natürlich auch die Künstler, den Wunsch, in eine neue Zeit zu gehen. Wieder suchten sie andere Wege als ihre Vorgänger, wobei sie oft auf den Strömungen der Klassischen Moderne aufbauten und diese weiter entwickelten. Wichtige Kunstrichtungen der jüngeren Geschichte sind:

Pop Art (ab ca. 1955) bedeutet „popular art", also volkstümliche Kunst. Sie entstand Anfang der sechziger Jahre zuerst in London, dann in den USA. Die Bilder der Pop Art zeigen oft Produkte der Massenindustrie, die jeder kennt. Es tauchen Bierflaschen, Straßenschilder, Suppendosen, Comicstrips ... auf.

Der **Phantastische Realismus** (ab ca. 1955) wurde in Wien „erfunden". Diese Kunstrichtung steht dem Symbolismus nahe und ist sehr farbenfroh. Die Malweise ist oft altmeisterlich und sehr genau.

Die Künstler der **Objektkunst** (ab Ende der 1950er Jahre) bauten Gegenstände in ihre Kunst ein. Ein Fahrrad wurde zum Beispiel umgebaut oder bemalt und als Kunstobjekt umgedeutet.

Die **Eat Art**, deren Hauptvertreter Daniel Spoerri ist, macht Objektkunst mit Lebensmitteln. Beispielsweise werden die Reste eines Picknicks samt Tischdecke und Geschirr konserviert und als Kunstwerk betrachtet.

Die **Aktionskunst** (ab den 1960er Jahren) vermischt Malerei mit Schauspiel und Gesang. Der Zuschauer wird in eine Performance (Vorführung) eingebunden und ein Ergebnis kann ein Bild sein. Moderne Medien (Video und Fotografie) spielen eine große Rolle dabei.

In der **Konzeptkunst** (ab den 1960er Jahren) stehen die Idee eines Künstlers, seine Skizzen und Texte zum Kunstwerk im Vordergrund. Die Bedeutung ist wichtiger als die Ausführung.

Nützliches Wissen

Woraus Bilder gemacht sind

Das Material von Bildern gibt oft einen wichtigen Hinweis auf die Zeit und den Ort des Entstehens.

Die wichtigsten Komponenten eines Bildes sind:
- Der Bildträger (das Material auf dem gemalt wurde).
- Die Malschicht (die Farbe, bestehend aus Farbpigmenten und einem Bindemittel).

Bildträger

Der Großteil aller Bilder wurde und wird auf Holz, Leinwand und Papier gemalt. Aber auch vieles andere kann bemalt werden, beispielsweise Metall, Leder und Mauerwerk.

Jedes Material hat Vor- und Nachteile. Auf einer Mauer können große Fresken geschaffen werden, diese Bilder können aber nicht transportiert werden. Eine Holzplatte kann man relativ gut von einem Ort zum anderen bringen, große Gemälde sind aber sperrig. Bequemer ist es, auf Leinwand (Stoff) zu malen, weil das Bild insgesamt viel leichter ist, und man ein Tuch, selbst mit aufgemalter Farbe darauf noch gut einrollen kann. So erhält man ein kleines Paket, mit dem man sogar verreisen kann.

Für kleine Formate und bestimmte Techniken der Malerei eignet sich Papier besser (Aquarell und Gouache).

Der Bildträger, das Material auf das gemalt wurde, kann auch einen Hinweis auf die Entstehungszeit eines Gemäldes geben:

Erst ab dem späten Mittelalter und dem Beginn der Renaissance wird Leinwand lieber verwendet als Holz. Wie genau so eine Leinwand aussieht, etwa wie dick sie ist, wie sie gewoben wurde und woraus sie besteht (aus Leinen, Baumwolle, Kunstfaser …) sagt dem Fachmann, wann und wo sie produziert worden ist. Ein Kunstfaser-Gewebe ist ganz bestimmt aus jüngster Zeit (20./21. Jh.), während Leinen aus der Renaissance stammen kann.

Wir nennen alle textilen Bildträger „Leinwand". Das kommt daher, weil die ersten aus Leinen waren. Heute kann das auch Baumwolle oder Kunstfaser sein.

Seit dem 13. Jahrhundert wird in Europa Papier in nennenswerter Menge hergestellt. Vorher hat man in Europa auf Pergament (Tierhaut) geschrieben und gezeichnet (besonders Bücher). In Ägypten hat man Papyrus (eine Pflanzenstaude) verwendet. Die Zusammensetzung des Papiers sagt, wann es entstanden sein muss. Im Barock gab es zum Beispiel nur Hadernpapier – Papier, das aus Lumpen (alte Kleider aus Flachs) hergestellt wurde. Auf alten Stichen über Berufe findet man daher den Lumpensammler, jene Leute, die durch das Land gezogen sind und nicht mehr zu gebrauchende Kleidungsstücke eingesammelt haben. Mit der Zeit benötigten die Menschen immer mehr Papier für ihre Bücher und Zeitungen, bald reichten die vorhandenen Lumpen nicht mehr aus. Da entdeckte man im 19. Jahrhundert, dass sich auch Holz zur Papierherstellung eignet – und Wald gab es in manchen Gegenden Europas mehr als genug.

Holz kann man heute naturwissenschaftlich genau untersuchen und dadurch erkennen, wo und wann es gewachsen ist. Generell gilt, dass Maler gerne das Holz verwendet haben, das in ihrer Gegend wuchs. Nördlich der Alpen verwendete man gerne Eiche und Kiefer, in Italien Pappel. Gemälde auf Holz werden auch „Tafelbilder" genannt.

Malschicht

Pigmente
Farbe besteht immer aus Pigmenten (dem Farbpulver) und einem Bindemittel, mit dem die Pigmente zu einer Farbpaste vermischt werden. Pigmente können aus Erden und Gesteinen gewonnen werden, indem man sie fein verarbeitet und zu Pulver mahlt - anorganische Pigmente. Schon in der Höhlenmalerei wurde zum Beispiel Ocker verwendet. Ruß wurde sehr früh für Schwarz genommen. Das teuerste Pigment war bis ins 18. Jahrhundert Ultramarin-Blau, weil es aus Lapislazuli, einem Edelstein gewonnen wurde. Gerade das Mittelalter brauchte viel von dieser Farbe: Der Mantel der Madonna ist immer Ultramarin-Blau. Auch einige Oxide (Sauerstoffverbindungen) geben schöne Pigmente – man denke nur an die schöne rote Farbe von Eisenoxid (Rost).

Organische Pigmente werden aus tierischen oder pflanzlichen Materialien gewonnen. Indischgelb beispielsweise aus dem Urin von Kühen, die mit Mangoblättern gefüttert wurden und Krapprot aus einer Wurzel. Diese organischen Pigmente sind nicht so lichtbeständig wie die anorganischen, sie verblassen oder verändern im Lauf der Zeit ihre Farbe. Pflanzliche Grünpigmente etwa werden braun. Viele Wiesen auf mittelalterlichen Gemälden sehen daher heute eher trocken und nicht mehr saftig grün aus.

Durch eine chemische Analyse können alle Pigmente zweifelsfrei bestimmt werden. Dadurch werden Fälschungen heute mit ziemlicher Sicherheit entlarvt. Ein Fälscher muss nämlich genau wissen, welche Pigmente in welcher Zeit überhaupt bekannt waren und er darf für seine Fälschungen nur die passenden verwenden. Manche der alten Pigmente bekommt man heute gar nicht mehr, z.B. weil sie sehr giftig sind. Bleiweiß war bis zum Anfang des 19. Jahrhunderts das einzige Weiß. Es ist aber giftig und wurde durch Zinkweiß ersetzt. Seit Anfang des 20. Jahrhunderts gibt es fast ausschließlich Titanweiß. Ein Bild angeblich aus 1720, das Titanweiß enthält, ist höchst verdächtig!

Bindemittel
Das Bindemittel gibt der jeweiligen Malerei oft den Namen.

Ölmalerei besteht aus Pigmenten und Öl (Leinöl, Mohnöl, Terpentinöl,…). Ölfarben können sehr verdünnt aufgetragen werden, was sehr schöne Farbübergänge und Nuancen erlaubt. Ölfarbe braucht relativ lange um zu trocknen.

Acrylmalerei besteht aus Pigmenten und Acrylharz. Das sind Kunststoffdispersionen (Gemenge), die ab circa 1940 hergestellt werden können. Ein Bild in dieser Technik kann somit erst nach diesem Zeitpunkt entstanden sein. Acrylfarben trocknen sehr rasch.

Ein Aquarell verwendet Wasser als Bindemittel. Die Pigmente sind in diesem Fall nur ganz schwach an den Bildträger (meist Papier) gebunden, weil das Wasser beim Trocknen verdunstet. Aquarelle können ganz zart und fein sein. Die einzelnen Farbschichten sind nicht deckend.

Dem Aquarell sehr ähnlich ist die Gouache. Der Unterschied ist, dass die Guachefarben auch Füllstoffe enthalten und sie daher gut decken – das kennen wir alle aus dem Deckfarbenkasten in der Schule.

In der Temperamalerei verwendet man beispielsweise Ei gemeinsam mit Öl als Bindemittel (daher der Name; lat. „temperare" = mischen). Diese Farbe trocknet schneller als reine Ölfarbe, muss aber in vielen Schichten aufgetragen werden. Diese Technik hat man im Mittelalter gerne verwendet.

Bilderrahmen

Üblicherweise haben alle beweglichen Bilder einen Bilderrahmen. Historisch war ein Bild ohne Rahmen undenkbar. Erst in jüngster Vergangenheit werden Gemälde auch ohne Rahmen aufgehängt.

Ein Rahmen dient als Schutz der Kanten und hat auch ästhetische (schmückende) Funktionen. Er wirkt wie ein Fenster und hilft unserem Auge so, das Bild besser wahrzunehmen und die Tiefenwirkung einer Darstellung deutlicher zu erkennen.

Schon in der Antike kannte man Bilderrahmen. Der älteste Fund stammt aus Ägypten und wird auf 1360 v. Chr. datiert.

Im Laufe der Zeit änderte der Rahmen genauso sein Aussehen wie die Gemälde. So, wie die Künstler ihren Stil veränderten, änderten auch die Rahmenmacher die Ornamente und Oberflächen ab. Früher wurden Bilderrahmen so sehr geschätzt, dass sie manchmal teurer waren als das Gemälde.

Bildschutz

Die Bildoberflächen (Malschicht), die man erhalten will, weil sie eine Erinnerung darstellen oder von einem berühmten Maler sind, hat man immer besonders geschützt. Glas ist so ein Bildschutz. Es hält Staub und Feuchtigkeit aus der Luft ab und verhindert, dass Betrachter das Bild berühren. Unsere Hände sind praktisch niemals wirklich sauber – unser Schweiß ist sauer und damit für das Bild schädlich. Glas kann man vorsichtig abwischen, um es zu reinigen. Man verwendet es auf jeden Fall für alle Arbeiten auf Papier, denn Papier ist besonders empfindlich.

Eine andere Möglichkeit des Schutzes, die heute allerdings nur selten verwendet wird, ist ein Vorhang. Er hält auch das Sonnenlicht ab, das ebenfalls den Verfall von Malerei beschleunigt. In großen Museen, auch im Kunsthistorischen Museum in Wien, gibt es immer wieder Gemälde, die einen Sammler inmitten seiner Bildersammlung zeigen. Da entdeckt man einige Bilder, die einen Vorhang haben – vielleicht schützte dieser die Lieblingsbilder des Sammlers?

Ölgemälde kann man gut mit einem Firnis schützen. Firnis ist ein Baumharz, das gelöst wird, um es aufzutragen. Es bildet eine dünne, durchsichtige Schicht über den Malfarben. Staub und Schmutz (Fliegenschiss ist ganz aggressiv!) aus der Luft lagert dann auf dem Firnis und nicht direkt auf der Farbe. Wenn nötig kann man den Schmutz vom Firnis entfernen und auch den Firnis ganz oder zum Teil erneuern.

Besonders dauerhaft ist Wachs als Bildschutz. Gerade die Forschungen der letzten Zeit haben Wachs wieder mehr in den Mittelpunkt gerückt. Viele der ältesten Fundstücke der Menschheit die mit Wachs geschützt wurden, überstanden viele Jahrtausende unbeschadet. Auf Öl- und Acrylgemälde kann man Wachs gut auftragen, auf Papier und Karton eher nicht.

Bildinhalte

Kunsthistoriker beschäftigen sich mit Stilkunde (siehe Epochen) und sie erforschen das Leben einzelner Künstler. Sie interessieren sich auch für die Geschichten, die in den Bildern erzählt werden. Das nennt man Ikonographie.

Die Künstler nahmen und nehmen ihre Geschichten aus allen Quellen, über die sie verfügen: aus der Bibel, aus Sagen und Märchen, aus Geschichtsbüchern, aus der Zeitung ... Was gerade „in" war, also was Künstler malten, änderte sich im Laufe der Zeit oft. Das gibt uns die Möglichkeit, manchmal an den Bildthemen die Entstehungszeit eines Werkes abzulesen.

Ein Beispiel: Die Heiligen Drei Könige wurden im frühen Mittelalter als drei verschieden alte Männer dargestellt - ein junger, ein mittlerer und ein alter Mann. Das folgt einer Idee der Antike, nämlich der Vorstellung der drei Lebensalter eines Menschen. Alle drei Lebensalter in einem Bild bedeutet symbolisch: Die ganze Menschheit ist gemeint. Ab dem 15. Jahrhundert ist einer der drei Männer ein Schwarzer (das ist bis heute so geblieben). Ursache für die Änderung war wohl das größere Interesse der Menschen für andere Kontinente (1492 entdeckte Christoph Kolumbus Amerika). Manchmal ist einer der drei Könige asiatisch aussehend – und die drei unterschiedlichen Hautfarben, Haare und Augen sind wieder das Symbol für „die ganze Menschheit".

Erstaunliches und Verblüffendes

Ultramarin-Blau war im Mittelalter so teuer wie Gold, weil es aus dem Edelstein Lapislazuli gewonnen wird. Besonders schönes und reines Gestein wurde fein gerieben, so dass ein Pulver entstand. Nur ganz besonders Kostbares wie zum Beispiel die Mäntel der Madonnen wurden damit gemalt.

Die ältesten Teile eines Bilderrahmens stammen aus circa 1360 v. Chr. Sie wurden in Ägypten gefunden. Es handelte sich um einen sogenannten Klapptürchen-Rahmen, ähnlich einem gotischen Flügelaltar.
 Leonardo da Vincis „Mona Lisa" wurde im Jahr 1911 geraubt und erst zwei Jahre später wieder gefunden. Berühmt war das Bild schon vorher, aber erst durch den Diebstahl wurde sie zur weltberühmten Ikone, die jeder kennt. Übrigens zählte kurze Zeit Pablo Picasso zu den verdächtigen Dieben, weil er sich zur Zeit des Diebstahls im Museum aufgehalten hatte.

Ein Gemälde kann auch gerollt werden. Wenn es auf Leinwand gemalt ist, kann man es vom Spannrahmen nehmen und rollen, um es zu transportieren. Achtung: Die Farbe muss immer außen sein (Bruchgefahr).
 Alle Kunststile des 19. und 20. Jahrhunderts wurden zunächst von weiten Teilen der Bevölkerung abgelehnt. Die Künstler bezeichnete man manchmal sogar als unfähig oder geistig verwirrt. Heute zählen ihre Werke zu den teuersten der Welt und sind Hauptattraktionen in unseren Museen.

1999 haben Hobby-Taucher das Wrack des Seglers „Frau Maria" in der Ostsee gefunden. An Bord sind Kunstschätze, die für die Russische Zarin Katharina II. bestimmt waren, unter anderem Gemälde von Rembrandt. Wenn die mit Wachs versiegelten Transportbehälter aus Blei intakt geblieben sind, könnte man diese Gemälde vielleicht noch unversehrt bergen. Finnland will das bis 2017 tun, dann kommen möglicherweise Gemälde ans Tageslicht, die Millionen wert sind.

Die Gemälde in unseren Museen gehörten einst den Herrschern und Adeligen. Nur sie und ihre Gäste konnten die Bilder sehen. Das älteste öffentlich zugängige Museum Österreichs ist das Universalmuseum Joanneum in Graz, 1811 von Erzherzog Johann gegründet.

Abgesehen von Farbe verwenden Künstler auch andere Materialien zur Gestaltung ihrer Gemälde, etwa echtes Gold. Besonders gerne tat man das im Mittelalter, im Jugendstil und auch in den vergangenen Jahren finden einige dieses Material wieder echt toll.

Tipps und Tricks für den Museumsbesuch

Das Wichtigste für den Museumsbesuch ist Neugierde und die Lust, Neues zu entdecken. Ein wenig Wissen aus den vorangegangenen „schlauen Seiten" schadet auch nicht, denn Johann Wolfgang von Goethe, der berühmte deutsche Dichter, sagte schon: „ Man sieht nur, was man weiß!"
Kunst bedeutet „Kunde tun", ein Bild erzählt seinem Betrachter eine Geschichte, teilt ihm eine Botschaft mit. In vielen Museen gibt es eigene Kinderführungen oder Fragespiele. Diese sind wirklich spannend gemacht – nicht nur für junge Museumsbesucher! Sie konzentrieren sich auf die interessantesten, „coolsten" Objekte der Ausstellung. Ausprobieren, geh ins Museum!
Und dann, einmal im Museum angekommen, heißt es schauen, schauen und wieder schauen. Hier ein paar nützliche Fragen, die du dir stellen kannst, während du ein Bild betrachtest. Sie helfen dir, die geheimnisvolle Botschaft eines Bildes zu entschlüsseln:
- Wie groß ist das Bild? Riesig oder ganz klein?
- Was ist dargestellt? Menschen, Landschaft, Gegenstände, gar nichts Konkretes?
- Gibt es viele Details? Zum Beispiel viele kleine Figuren oder viele Verzierungen? Oder ist alles sehr sparsam dargestellt?
- Wird mit dem Gezeigten eine Geschichte erzählt? Welchen Inhalt hat diese Geschichte?
- Oder wird eine Emotion ausgedrückt? Angst vielleicht oder Jubel?
- Wie ist die Größe der einzelnen Objekte und Per-

sonen? Ist das realistisch? Oder ist die Darstellung symbolisch? Was könnte das bedeuten?
- Aus welchem Material ist das Bild? Berühren geht leider gar nicht, aber vieles sieht man, wenn man ganz genau schaut. Beispielsweise kann man manchmal die Struktur der Leinwand erkennen. Diese Auskunft gibt auch meist die Beschriftung zum Gemälde.
- Wie ist gemalt? Fotorealistisch, naiv …
- Wie sind die Farben? Hell oder dunkel? Sind viele unterschiedliche verwendet oder nur ganz wenige? Ist die Farbe in dicken Pinselstrichen aufgetragen oder ganz fein?
- Sind die Motive in der „richtigen" Farbe dargestellt oder nicht? Ist ein Pferd etwa blau oder ein Gesicht grün?
- Wie sieht der Bilderrahmen aus? Sehr verziert und repräsentativ oder eher schlicht? …

So viele Fragen zu einem Bild zu stellen und zu beantworten, ist ganz schön anstrengend. Es lohnt sich aber, denn diese Erfahrungen hat man beim nächsten Bild schon im Hinterkopf – und mit der Zeit geht die Analyse so immer schneller und besser.

Natürlich kann man auf diese Weise nicht alle Gemälde eines Museums an einem Tag ansehen und enträtseln. Das muss man auch nicht. Viel klüger ist es, nur einige wenige auszuwählen und diese dafür genauer zu betrachten und zu genießen.

Besuche Museen, Gemälde erzählen spannende Geschichten – ganz sicher!

Haftungsausschluss
Sämtliche Ratschläge in diesem Buch wurden detailliert recherchiert, das Buch mit großer Sorgfalt erstellt. Dennoch können Fehler nicht gänzlich ausgeschlossen werden. Herausgeber und Autoren übernehmen für fehlerhafte Angaben sowie etwaige Folgen weder irgendeine Haftung noch juristische Verantwortung.

INHALT

1. Körpersprache lesen　　　　　　　　　　4

2. Tipps & Tricks zur Selbstverteidigung　　12

3. Fallen stellen　　　　　　　　　　　　27

4. Rettungszeichen & Survivalsprachen　　31

5. Tricks zum schlauen Radfahren　　　　36

Körpersprache lesen

Darum geht's:
Worte können lügen - dein Körper kann es nicht. Seine Botschaften sind fast immer spontan und somit klar. Aus den Bewegungen und Haltungen kannst du heimliche Absichten herauslesen. Beobachte Menschen und ihre Bewegungen genau. Die Körpersprache anderer Leute zu entschlüsseln, hilft bei Ermittlungen. Beobachte Menschen genau und achte auf folgende Bewegungen.

Was dir Kopf und Hals verraten
- Nach vorn geschoben
Ich bin aufmerksam. Ich mag dich. Ich bin aggressiv.

- Nach hinten gezogen
Ich bin skeptisch, ich warte ab.

- Drehung zu dir her
Ich bin aufmerksam, höre genau zu.

- Drehung von dir weg
Ich bin unaufmerksam.

- Neigung nach rechts
Ich bin kritisch, prüfend.

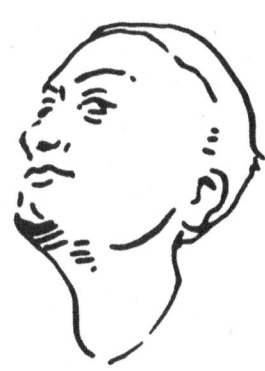

- Neigung nach links
Ich bin unentschlossen, warte ab.

- Erhoben, Kinn vorgeschoben
Ich verachte dich, ich bin schlecht gelaunt.

Was dir Augen, Augenbrauen und Augenlider verraten
- Blick ins Leere
Ich bin gedanklich woanders.

- Blick nach unten
Ich konzentriere mich.

- Blick nach oben
Ich suche einen Ausweg, ich versuche mich zu erinnern.

- Blick geradeaus
Ich bin interessiert. Ich bin bereit.

- Augen zu einem Schlitz verengt
Ich hasse dich, traue dir nicht, will dich verletzen

- Kurzer Blickkontakt
Ich bin unsicher

- Langer Blickkontakt
Ich bin interessiert, zudringlich.

- Blickkontakt fehlt
Ich bin konzentriert, habe Angst, bin überheblich.

- Augenlider oft bewegt
Ich bin nervös.

- Augenlider weit geöffnet
Ich habe Angst.

- Augenbrauen zusammengekniffen
Ich bin zornig.

- Augenbrauen hochgezogen
Ich bin entsetzt, das glaube ich nicht.

Was dir die Nase verrät
• Nasenflügel gebläht
Ich bin gereizt, zornig.

• Naserümpfen
Ich mag nicht, ich bin verlegen.

Was dir der Mund verrät
• Mund zittert und zuckt
Ich habe ein schlechtes Gewissen, ich bin nervös.

• Mund weit geöffnet, ohne Sprache
Oh Schreck! Oder: Ich freue mich.

• Beide Mundwinkel hochgezogen
Ich habe gute Laune. Ich freue mich.

• Ein Mundwinkel nach unten gezogen
Ich verachte dich.

Was dir die Lippen verraten
• Lippen zusammengepresst
Ich konzentriere mich. Ich bin schlecht gelaunt.

• Auf den Lippen kauen
Ich bin nervös. Ich zögere, ich denke nach.

• Unterlippe hochgezogen
Ich zweifle.

- Auf eine Lippe beißen
Ich habe Angst, ich bin schüchtern.

- Lippe mit der Zunge schnell befeuchten
Ich bin nervös, angespannt. Ich habe Stress.

- Zeigen (blecken) der Zähne
Ich rase vor Wut. Ich drohe dir.

- Zähne zusammenbeissen, Lippen zusammenpressen
Ich verkneife mir was.

- Zungenspitze an der Oberlippe
Ich konzentriere mich voll.

Was Füße im Stehen und Sitzen verraten
- Parallelstellung
  Ich bin aufmerksam.

- Nach innen gedreht
Ich bin unsicher.

- Nach außen gedreht
Ich bin selbstsicher.

- Auf der Außenkante
Ich bin nervös.

- Auf der Innenkante
Ich bin verkrampft.

Was dir die Hand verrät
• An das Kinn greifen
Ich denke nach.

• Das Kinn kratzen
Ich zweifle.

• Das Kinn reiben
Ich bin unsicher und denke nach.

• Ohren und Nase kratzen
Ich bin nervös.

• Sich an die Ohren greifen
Ich habe mich selbst ertappt.

• Die Ohren reiben
Ich bin verlegen.

• Sich an die Nase greifen
Ich bin verlegen, konzentriert.

• Sich die Nase reiben
Ich zweifle.

• Zeigefinger auf den Mund legen
Ich bin nachdenklich, verlegen.

• Hand nach dem Sprechen auf den Mund legen
Ich habe mich verquatscht, will das Gesagte zurücknehmen.

- Hand während des Sprechens auf den Mund legen
Ich bin mir nicht sicher.

- Hand vor dem Sprechen auf den Mund legen
Ich bin nachdenklich.

Was dir der Gang verrät
- Rasches Tempo, fester Schritt
Ich verwirkliche meinen Plan.

- Hastig, mit kurzen Stolperschritten
Ich bin nervös, unruhig, angespannt.

- Ständiges Gewichtsverlagern
Ich flüchte jeden Moment.

- Kleine Schritte bei großen Menschen
Ich bin unsicher, zurückhaltend.

Gespielte Körpersprache erkennen
So entlarvst du Leute, die mit mit den Ausdrücken ihres Körpers „spielen", dich täuschen wollen:

• Sie übertreiben die Gesten meist, sind überfreundlich. Beobachte sie eine Zeit lang.

• Sie wirken gekünstelt, weil sie spielen. Du hast den Eindruck: An dem „stimmt" etwas nicht.

• Gestik und Mimik wirken abgehackt, unrund, weil man bewusst daran denkt.

• Oft passen Verhalten und Körpersprache nicht zusammen. Jemand grüßt dich mit festem, selbstsicherem Händedruck, hat aber zittrige Mundwinkel.

2
Tipps & Tricks zur Selbstverteidigung

Beachte:
Die folgenden Tricks dienen nur zur Abwehr eines Angriffs, nicht, um selbst anzugreifen.

Nasenstoß

1 Stoße dem Angreifer mit deinem Handballen auf die Nasenspitze – Tränen schießen ihm in die Augen, er sieht verschwommen. Vielleicht hast du schon mal einen Fußball ins Gesicht bekommen, dann kennst du diesen Schmerz.

2 Nutze diese „Blindheit" deines Gegners – lauf davon.

Nasenstoß mit Zeitung oder Heft

1 Wenn die Reichweite des Gegners größer ist als deine, rolle eine Zeitung oder ein Heft zusammen.
Stoße dem Angreifer die Zeitungsrolle vor die Nasenspitze.

Verteidigung gegen Fassen

1

2 Balle die Faust und drehe sie so, dass die Innenseite zu dir zeigt. Dadurch bringst du die Finger des Gegners nach oben – sein Griff ist offen, geschwächt. Jetzt reiße dich mit einem Ruck los.

3 Schlage deinen Faustrücken ins Gesicht des Angreifers. Flüchte.

Dem Schwitzkasten entkommen

1 Schlage deinem Gegner die Faust zwischen die Beine.

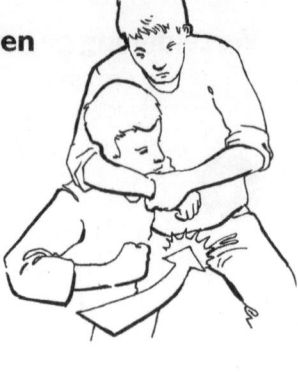

2 Bringe, falls nötig, noch den Nasenstoß an.

Verteidigung mit einem Buch

1 Du sitzt auf einer Parkbank und liest in einem Buch. Der Gegner steht vor dir und will dich angreifen.

2 Stoße das Buch von unten gegen die Nase des Angreifers.

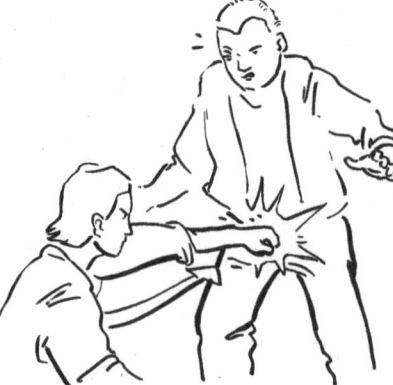

3 Dann schlage ihm deine Faust zwischen die Beine.

Verteidigung mit einem Kugelschreiber, Bleistift, ...

1 Der Angreifer umklammert dich von hinten unter den Armen, hat dich im Schwitzkasten oder würgt dich.

2 Stich den Kugelschreiber in den Handrücken des Gegners. Er löst vor Schmerz seinen Griff, dann fliehe.

Trick mit Spucken, Erde, Sand, einem Getränk...

1 Spucke deinem Gegner ins Auge, streue ihm Sand, oder Erde hinein, schütte ihm ein Getränk ins Gesicht – für einen Moment sieht er nichts mehr.

2 Flüchte.

Fußtritte und Schläge abwehren

1 Kreuze deine Arme zu einem X.

2 Fange Tritte und Schläge mit dieser „Astgabel" ab und stoppe sie so.

Haare fassen (von vorne)

1 Der Angreifer erfasst deine Haare mit seiner rechten Hand.

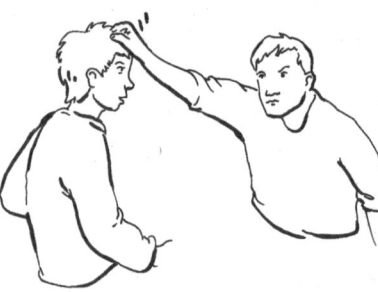

2 Stosse mit deinem rechten Handballen oder der Faust gegen die Nasenspitze des Gegners.

3 Schlage mit der Linken die Hand des Gegners nach innen weg und flüchte.

Haare fassen (von hinten)

1 Der Gegner erfasst deine Haare von hinten mit seiner rechten Hand.

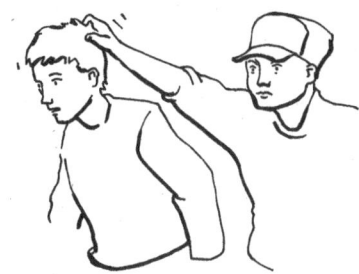

2 Steige mit deinem linken Fuß hinter den rechten des Gegners. Umfasse seinen Rücken mit dem linken Arm.

3 Schlage mit der rechten Faust zwischen die Beine des Gegners. Flüchte.

Fassen am Kleiderkragen oder Schal (von hinten)

1 Der Gegner schnappt dich von hinten mit seiner rechten Hand am Kragen oder Schal.

2 Heb deinen linken Ellenbogen hoch, dreh dich über links ruckartig deinem Gegner zu (dabei wickeln sich seine Finger um den Kragen und können brechen!) und schlage mit dem Ellenbogen den Greifarm von dir weg.

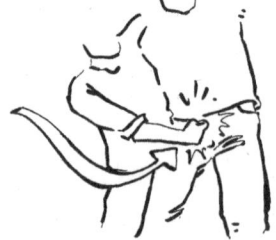

3 Schlage mit der rechten Faust zwischen die Beine des Gegners. Flüchte.

Fasst der Angreifer mit der linken Hand zu, verteidige dich umgekehrt.

Umklammern von vorn (unter deinen Armen)

1 Der Angreifer umklammert dich von vorn unter deinen Armen.

2 Packe mit beiden Händen die Ohren des Gegners und verdrehe sie ihm kräftig.

Umklammern von vorn (über deinen Armen)

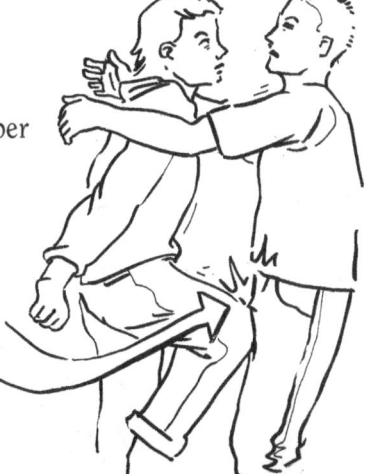

1 Der Gegner umklammert dich von vorn über deinen Armen.

2 Ramme dem Angreifer dein Knie fest zwischen die Beine.

Umklammern von hinten

1 Der Angreifer umklammert dich von hinten über deinen Armen.

2 Tritt mit dem Schuhabsatz auf den Fuß des Gegners oder schlage deinen Kopf mit Wucht nach hinten gegen seine Nase.

Umklammern von hinten (unter deinen Armen)

1 Der Angreifer umklammert dich von hinten unter deinen Armen.

2 Pack den kleinen Finger des Angreifers, biege ihn nach hinten (er kann brechen!) und drehe dich nach links frei. Flüchte.

Würgen von vorn (beidhändig)

1 Der Angreifer würgt dich mit beiden Händen von vorn.

2 Schlage deine Arme von unten zwischen die Arme des Gegners. Das sprengt seinen Würgegriff.

3 Schlage deinen Handballen auf die Nase deines Gegners. Flüchte.

Würgen von hinten (mit dem Unterarm)

1 Der Angreifer würgt dich von hinten mit seinem rechten Unterarm.

2 Packe mit der rechten Hand das rechte Armgelenk des Gegners und ziehe es nach unten.

Gleichzeitig schlage deine linke Faust zwischen die Beine des Angreifers.

3 Schlage deine Faust jetzt dem Gegner rückwärts ins Gesicht und dreh dich über rechts frei.

Würgt dich der Angreifer mit dem linken Unterarm, verteidige dich seitenverkehrt.

Würgen von hinten (beidhändig)

1 Der Gegner würgt dich mit beiden Händen von hinten.

2 Zieh die Schultern nach oben, das erschwert das Würgen. Hebe nun deine rechte Faust nach oben und schlage sie mit voller Wucht nach hinten zwischen die Beine des Gegners.

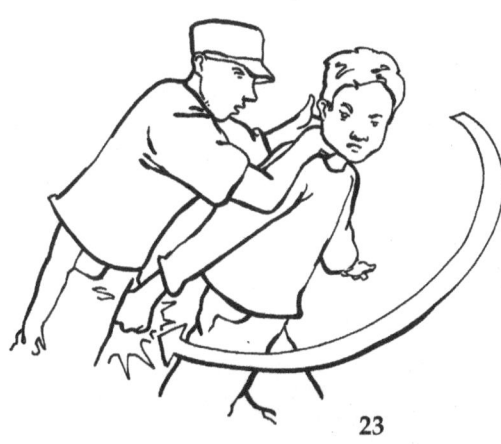

3 Dreh dich nach rechts, das löst den Würgegriff. Flüchte.

Schubsen von vorn (mit beiden Händen)

1 Der Gegner schubst dich mit beiden Händen von vorn.

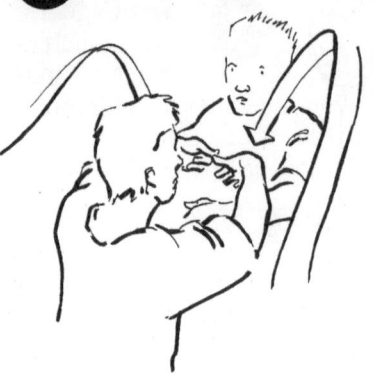

2 Schlage die schubsenden Arme des Angreifers mit deinen Händen nach innen unten.

3 Bringe den Handballenstoß an. Flüchte.

Schubsen von hinten

1 Der Angreifer schubst dich von hinten.

2 Hebe deinen rechten Arm abgewinkelt an, dreh dich über rechts ruckartig nach hinten und fege dabei die angreifenden Arme zur Seite.

3 Tritt dem Gegner gegen das Schienbein oder zwischen die Beine. Flüchte.

Tipps:

1 Glaubst du, verfolgt zu werden, dann dreh dich um. So siehst du, wer hinter dir ist und du kannst dich Auge in Auge besser verteidigen.

2 Sprich Menschen, die dir helfen sollen, direkt an: „Sie, mit der Brille, helfen Sie mir!" Allgemeine Hilferufe bringen kaum etwas, da viele Leute Angst haben, selbst zum Opfer zu werden.

3 Sprich den Angreifer immer mit „Sie" (Höflichkeitsform) an. Das hält ihn noch etwas auf Abstand.

4 Schock deinen Gegner, wenn er dich angreifen will. Das stört seine Körperfunktionen und du kannst besser einen Selbstverteidigungstrick anbringen.

So schockst du einen Angreifer:

- Schrei ihn an.
- Beiße ihn.
- Bespucke ihn.
- Wirf ihm einen Gegenstand ins Gesicht (Schlüssel, Zeitung, Buch, …)
- Rufe deinen Hund, auch wenn du keinen hast. („Arco, fass!")

5 Sind Menschen in der Nähe, schrei, lauf davon.

6 Bringe einen möglichst großen Abstand zwischen dich und den Angreifer.

7 Bringe ein Hindernis (Baum, Tisch, ...) zwischen dich und den Angreifer, so gewinnst du Zeit, bis Hilfe naht oder der Gegner abhaut.

8 Bücke dich nicht nach einer Waffe, wenn der Gegner weniger als sechs Meter von dir entfernt ist. Er könnte dir rasch nahe kommen und ins Gesicht treten.

9 Ist keine Selbstverteidigung mehr möglich, weil dich der Gegner überwältigt hat, rede ruhig und besonnen mit ihm, gib ihm Geld, Schmuck, einfach alles, was er haben will. Atme ruhig, tue, als würdest du gehorchen und warte auf deine Chance, eine Verteidigungstechnik anbringen oder wegrennen zu können.

10 Die drei besten Verteidigungstechniken sind:

1. Weglaufen
2. Weglaufen
3. Weglaufen

Weglaufen ist Schlauheit, nicht Feigheit.

3
Fallen stellen

Beachte:
Stelle Fallen niemals aus Spaß auf. Tiere werden durch sie verletzt, Menschen können sich zu Tode erschrecken.

Die Bücherturm-Falle

Du brauchst:
Bücher

So geht's:
Staple deine Bücher unter dem Türgriff deiner Zimmertür zu einem Turm. Öffnet jemand die Tür, fällt der Bücherturm um, der Lärm weckt dich auf und erschreckt den Einbrecher.

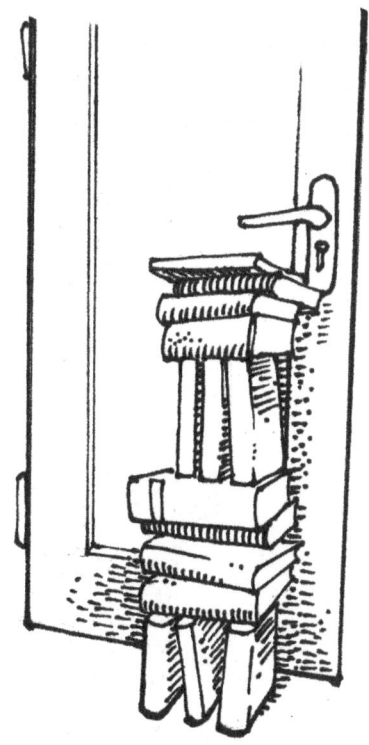

Die Knall-Schuss-Falle

Du brauchst:
Luftballon
Reißnagel
Klebeband

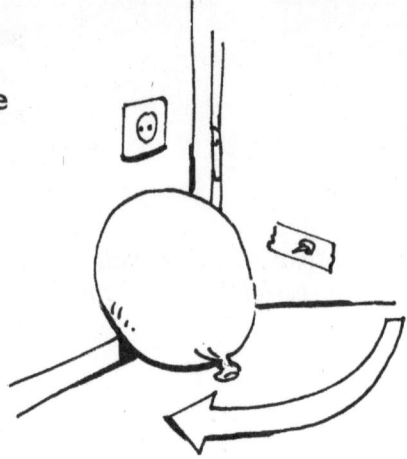

So geht's:
Drücke den Reißnagel durch das Klebeband und klebe ihn unten ans Türblatt. Klebe nun den aufgeblasenen Luftballon so an der Wand fest, dass er vom Reißnagel getroffen wird, wenn die Tür öffnet. Der Ballon knallt, wenn er platzt.

Die Dosengläser-Falle

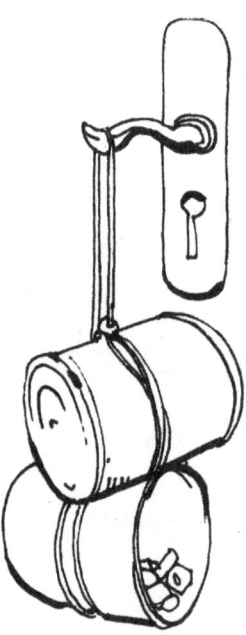

Du brauchst:
Leere Dosen, Gläser (mit Henkel, Kompott, Bohnen, oder dünne Sektgläser ...), Schnur

So geht's:
Binde Dosen an beide Enden der Schnur und hänge sie über das Ende der Türklinke. Drückt jemand die Klinke, rutscht die Schnur ab. Die Dosen klirren.

Die Schreckschuss-Mausefalle

Du brauchst:
Eine Mausefalle
Anglerschnur
Knallerbsen
Äste
Klebeband

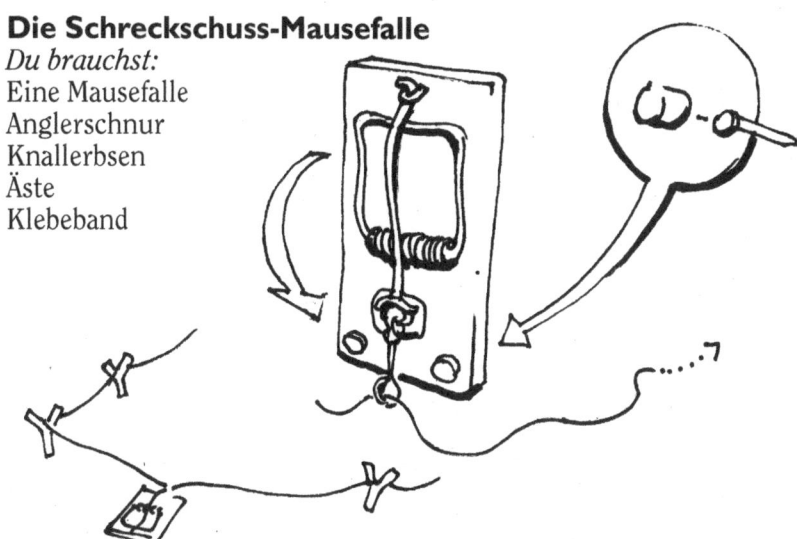

So geht's:
Klebe zwei Knallerbsen auf die Köderseite der Mausefalle. Binde die Mausefalle an den Ast, spanne sie. Verbinde den Spanner durch die Anglerschnur mit dünnen Ästen rund um dein Lager. Bewegt jemand die Schnur, knallt es.

Die Fliegenfalle

Fliegen sind lästig. Du fängst sie mit Köder und einer Plastikflasche.

Die Schreck-Falle

Du brauchst:
Dünne Angelschnur
(ist fast unsichtbar)
Einen Stapel Bücher
Ein dünnes Glas
(Sekt- oder Weinglas)
Klebeband

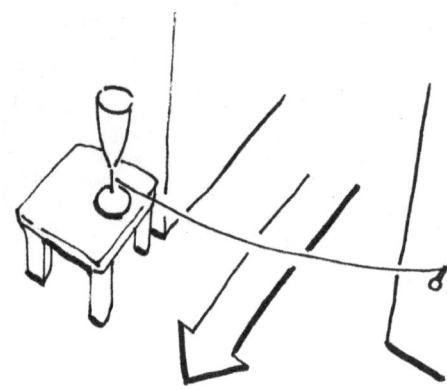

So geht's:
Binde die Anglerschnur um den Stiel des Glases.
Stelle das Glas auf den Bücherstapel. Spanne die Angelschnur in Hüfthöhe über den Gehweg und befestige sie an der Wand.
Fällt das Glas, bricht es und verursacht Lärm.

4
Rettungszeichen und Signalsprachen

Darum geht's:
Signalisieren ist wichtig, wenn du dich verirrt hast oder verletzt liegen geblieben bist und auf dich aufmerksam machen musst, damit dich Suchtrupps finden.

Merke:
Aus der Ferne wirken Signale klein. Mach sie daher so groß und grell wie möglich.

Sichtbare Signale tagsüber
Winken: Binde große Planen, Kleidungsstücke, ... an einen langen Stock und winke. Am besten auf einem Hügel oder einer freien, unbewachsenen Bodenfläche.
Rauch: Mach ein Feuer, das raucht. Verwende dazu nasses Holz, Gras, Blätter, auch Gummi, Plastik.
Blinken: Blinke mit einem Spiegel, glänzenden Metallen, Glas oder Alufolie.

Sichtbare Signale nachts
Große Feuer sind ideal. Am besten drei in einer Linie oder als Dreieck (ein einzelnes Feuer könnte leicht für ein normales Lagerfeuer gehalten werden).
Wichtig: Nimm trockenes Material, um es schnell entzünden zu können, wenn Hilfe naht.
Taschenlampe: Mit ihr kannst du Morsezeichen (Buchstaben und Wörter) blinken.

Hörbare Signale

Rufen, klopfen, trillern (Trillerpfeife), klatschen, platschen, ...
Wichtig: Von erhöhten Punkten aus und mit dem Wind. Rufe zweisilbige Wörter mit Selbstlauten (a, e, i, o, u): *Hiiilfeee! Feuueeer!* Nutze die Hände als Schalltrichter, dein Rufen wird so lauter.

Das Finger-ABC mit zwei Händen

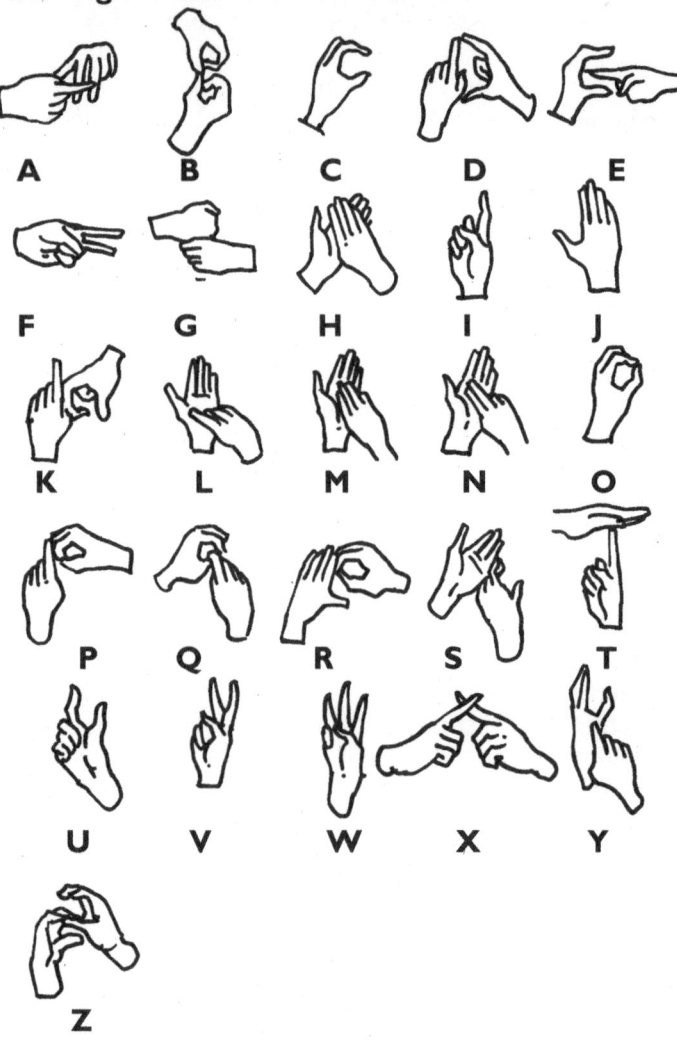

Internationaler Signalcode

Lege diese Zeichen mit Steinen so groß wie möglich, damit sie vom Flugzeug aus gesehen werden können. Optimal ist eine Größe von 10 Metern.

Brauche Arzt	I
Brauche Medikamente	II
Komme nicht weiter	X
Brauche Wasser, Essen	F
Brauche Kompass und Karte	II
Brauche Richtung für Weitermarsch	K
Ich gehe in diese Richtung	>
Versuche Start	I >
Alles okay	LL
Ja (Yes)	Y
Nein (No)	N
Nicht verstanden	IL
Hilfe!	SOS!

Der Gebirgsrettungs-Code

Verirrst du dich in den Bergen (beim Wandern oder Skifahren), rufe, pfeife oder blinke folgende Signale:

SOS:
   3 x kurz (S) – 3 x lang (O) – 3 x kurz (S)
   (Ton, Ruf, Blinkzeichen)
Benötige schnell Hilfe!
   6 x hintereinander kurz
   (Ton, Ruf, Blinkzeichen)
Hab verstanden!
   3 x hintereinander kurz
   (Ton, Ruf, Blinkzeichen)

Das Morse-ABC

Blinke die Buchstaben und Texte mit der Taschenlampe, klopfe sie mit Gegenständen auf den Boden oder gegen andere Gegenstände oder klatsche sie.

A ·−	I ··	R ·−·	1 ·−−−−
Ä ·−·−	J ·−−−	S ···	2 ··−−−
B −···	K −·−	T −	3 ···−−
C −·−·	L ·−··	U ··−	4 ····−
CH −−−−	M −−	Ü ··−−	5 ·····
D −··	N −·	V ···−	6 −····
E ·	O −−−	W ·−−	7 −−···
F ··−·	Ö −−−·	X −··−	8 −−−··
G −−·	P ·−−·	Y −·−−	9 −−−−·
H ····	Q −−·−	Z −−··	0 −−−−−

Falsch, habe mich geirrt: ········
Ende der Nachricht: ·−·−·
Habe Verstanden: ···−·

Sprechende Steine

Steine werden in einer bestimmten Anordnung ausgelegt. Vereinbart ihre Bedeutung, z.B.:

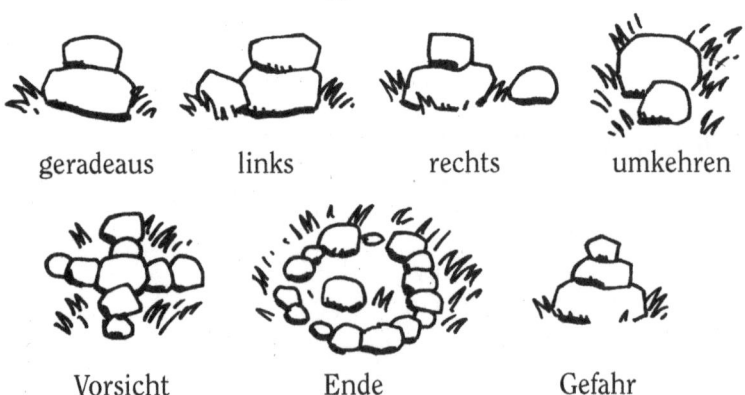

geradeaus   links   rechts   umkehren

Vorsicht   Ende   Gefahr

Flaschenpost

Nimm eine Flasche oder eine aufgeblasene Plastiktüte. Gib deine Botschaft in den Behälter, verschließe ihn luftdicht und mach ihn durch farbige Bänder auffällig.

Tauchersprache

Nicht nur unter Wasser ist eine Zeichensprache nützlich. Hier einige Begriffe aus der Tauchersprache:

Nein!

Da!

Ok, alles klar.

Hier stimmt was nicht!

Hilfe, bin in Gefahr!

Nicht verstanden!

Langsam!

Hierher!

Festmachen!

Schnell!

Flüsternde Grashalme

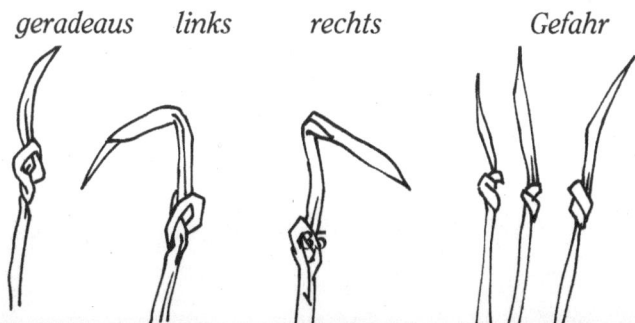

geradeaus *links* *rechts* *Gefahr*

5
Tipps und Tricks zum schlauen Radfahren

Darum geht's:
Durch gekonnte Kurvenfahr- und Bremstechniken kannst du einen Verfolger per Fahrrad abschütteln.

Merke:
Nicht auf das Schnellfahren kommt es an, sondern auf das schnelle, aber sichere Bewältigen der Fahrtroute, um einen Sturz zu vermeiden.

Tricks zum richtigen Bremsen

Wenn du richtig bremst, kannst du hohe Geschwindigkeiten fahren, weil du dann jederzeit die Kontrolle über das Tempo hast.

❶ Lass bei hohem Tempo vor dem Bremsen einige Pedaltritte aus und bringe die Pedalkurbeln in die waagerechte Position. Dadurch hast du besseren Halt am Rad.

❷ Bremse mit ausgestreckten Armen und verlagere dabei dein Körpergewicht im Sattel nach hinten, damit das Rad nicht nach vorn kippt.

❸ Schau beim Bremsen nach vorne, wohin du fährst.

❹ Bremse nicht ruckartig (Sturzgefahr), sondern dauerhaft.

Die Bremshebel müssen für die Hände gut erreichbar sein. Die Bremsen müssen schon greifen, wenn die Hebel zur Hälfte gezogen sind. Die Vorderbremse wirkt stärker als die hintere.

5 Lass bei der Vorderbremse die Bremskraft gefühlvoll ansteigen.

6 Schalte nicht, während du bremst.

7 Trete beim Bremsen nicht die Pedale.

Bremsen vor Kurven

8 Bremse immer vor, nie in der Kurve (Sturzgefahr!).

9 Bist du zu schnell in eine Kurve gefahren, zupfe kurz an der Hinterbremse. Rutscht das Rad dabei weg, lass den Bremshebel sofort los und gehe mit deinem Körpergewicht mit dem Hinterrad mit.

10 Bremsen mit der Vorderbremse stellt das Rad auf (Sturzgefahr!). Setze die Vorderbremse nur ein, wenn du dich versteuert hast und das Rad in eine andere Richtung steuern willst.

Bremsen bei Nässe

11 Nässe verlängert den Bremsweg, weil die Bremsklötze erst das Wasser auf der Felge verdrängen müssen – bremse daher fester.

12 Halte das Rad beim Bremsen auf rutschigem Boden so aufrecht wie möglich, sonst kann es seitlich wegrutschen (Sturzgefahr!)
Tipp: Trete rund und geschmeidig, nicht ruckartig. So verbrauchst du weniger Kraft.

Tricks zum richtigen Kurvenfahren (allgemein)

Wenn du in Kurven richtig fährst, kannst du sie schneller durchfahren.

1 Je mehr du dich in die Kurve legst, umso schwerer ist sie zu durchfahren, weil das Rad dann schwieriger zu steuern ist (Sturzgefahr durch am Boden streifende Pedale).

2 Am schnellsten durchfährst du eine Kurve in einem weiten Bogen: Fahre dazu eine Linkskurve am rechten Straßenrand an, schneide die Kurve nach links innen und lass dich beim Ausfahren der Kurve wieder auf die rechte Straßenseite hinaustragen (bei einer Rechtskurve fahre genau umgekehrt).
Achtung: Wende die Technik nicht auf befahrenen Straßen an – Gegenverkehr!

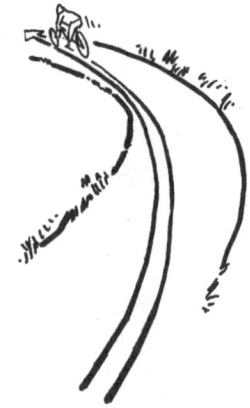

3 Halte den Kopf oben, um Gefahren wie Gegenverkehr wahrzunehmen. Blicke zum Kurvenausgang.

4 Stell das Pedal auf der Kurveninnenseite nach oben, damit es nicht am Boden streift. Verlagere dein Gewicht auf das untere, das kurvenäußere Pedal, das stabilisiert die Fahrt.

5 Halte die Hände locker am Bremsgriff, um jederzeit bremsen zu können.
Nimm vor der Kurve rechtzeitig etwas Tempo raus, musst du bremsen, verlierst du noch mehr Zeit.

6 In der Kurve halten beide Hände den Lenker fest, dadurch liegt dein Schwerpunkt tiefer und du kannst die Kurve schneller und sicherer durchfahren.

7 Schalte nie in der Kurve (Sturzgefahr). Schalte schon vor der Kurve einen Gang herunter, so kannst du aus der Kurve heraus schneller beschleunigen und verlierst keine Zeit durch das Schalten.

8 Biege in eine lang gezogene Kurve mit lockeren Pedaltritten ein, so hältst du das Gleichgewicht besser. Behalte in der Kurve das Tempo bei, tritt nicht fest in die Pedale, das Hinterrad könnte wegrutschen. Trete erst wieder in die Pedale, wenn das Rad nach der Kurve vollständig aufgerichtet ist. Das ist sicherer.

9 Übe in der Kurve immer Druck auf die Pedale aus, dadurch fährst du sicherer.

10 Bremse nicht in der Kurve. Bremsen verändert die Fahrlinie und bringt dadurch das Rad aus dem Gleichgewicht (Sturzgefahr).

11 Halte den Kopf oben, dadurch siehst du die Kurvenausfahrt und bleibst automatisch auf der optimalen Fahrlinie. *Tipp:* Man fährt immer dorthin, wohin man schaut.

12 Verlagere deinen Oberkörper in der Kurve immer zur Kurvenaußenseite, das drückt die Reifen fester auf die Straße und gibt mehr Halt.

Durch Kurven rutschen (im Gelände)

Die Technik, im Gelände durch Kurven zu rutschen und zu schlittern, ohne dabei viel Schwung zu verlieren, erfordert Übung.
Trainiere sie gut, sie ist ein toller Weg, eine Kurve schnell zu nehmen, denn mit schlitternden Reifen lassen sich Richtungswechsel schnell durchführen.
Dabei steuerst du die Fahrtrichtung mit Bewegungen des Oberkörpers, indem du das Rad in die jeweilige Fahrtrichtung neigst. Der Lenker übernimmt nur die Feinabstimmung.

1 Fahr mit leicht gebeugten Armen, richte die Augen auf die Fahrtstrecke.

2 Wähle schon bei der Anfahrt der Kurve den Gang für das Weiterfahren nach der Kurve.

3 Halte den Körper möglichst über dem Tretlager

4 Lege das Rad in die Kurve.

5 Verlagere den Körperschwerpunkt auf das Außenpedal (dabei sollte dein Oberkörper tief nach vorne gestreckt sein, um das Gewicht etwas auf das Vorderrad zu verlagern).

6 Bremse am Beginn der Kurve kurz, bis das Hinterrad blockiert und wegrutscht. Lass die Bremse genau dann los und fahre im weiten Bogen aus der Kurve.

7 Richte dich nach der Kurve wieder auf. Schiebe den Körperschwerpunkt wieder in die Mitte des Rades zurück. Tritt wieder in die Pedale.

Kurvenfahren bergab (im Gelände)

1 Bei Kurven in Abhängen versuchst du, den Schwung mitzunehmen und gleichzeitig noch die Kurve zu kriegen.

2 Lege dein Gewicht auf das Außenpedal (mit dem Innenfuß über dem Boden ist es leichter, das Gefälle zu meistern).

3 Beuge den Oberkörper leicht vor.

4 Zieh am Beginn der Kurve die Vorderbremse (aber nur so fest, dass das Vorderrad nicht blockiert; tut es das, lass die Bremse sofort los, sonst rutscht das Rad weg).

5 Strecke beim Bremsen die Arme und verlagere den Körperschwerpunkt nach hinten in den Sattel (um nicht über den Lenker abgeworfen zu werden).

6 Durchfahre die Kurve in möglichst weitem Bogen.

Tipp: Gras greift besser als Matsch. Fahre bei Regen daher am äußersten Rand eines Geländeweges.

Berge hochfahren

Bergauf geht einem schnell die Puste aus. Aber es gibt Tricks, die dich länger durchhalten lassen als andere.

1 Sitze hinten auf dem Sattel und umfasse den Lenker oder die Bremshebel mit ausgestreckten Armen – so bekommst du mehr Luft.

2 Führe jeden zweiten Pedaltritt mit etwas mehr Druck aus, das spart Kraft. Du kannst dabei mitzählen. Zum Beispiel: eins-zwei-drei, eins-zwei-drei …

3 Beginne eine Bergauffahrt nicht zu schnell, sonst geht dir rasch die Puste aus. Wähle ein Tempo, das du bis oben durchhalten kannst.

Schnelle Abfahrt

1 Achtung: Wähle dein Tempo nur so schnell, dass du nie die Kontrolle über das Rad verlierst. Abfahren ist gefährlich, da man eine Kurve leicht unterschätzt und zu schnell in sie hinein fährt (Sturzgefahr!).

2 Halte den Lenker fest umfasst, mit weit ausgestreckten Armen in der Nähe der Bremshebel, um jederzeit bremsen zu können.

3 Blicke immer nach vorne, um Hindernisse und Streckenverlauf rechtzeitig zu sehen.

4 Sitze weit hinten im Sattel, stell die Pedale auf gleiche Höhe, um holprige Fahrbahnen gut abfedern zu können.

5 Je kleiner du dich am Rad machst, desto weniger Luftwiderstand bietest du, dein Tempo steigt: Lege dazu deine Ellbogen eng an den Körper, winkle die Arme an und beuge dich vor, bis dein Kinn fast am Lenker aufliegt.

6 Schau nie auf den Tacho (Sturzgefahr!).

7 Zum leichten Bremsen richte einfach den Oberkörper auf.

Mehr als ein Thriller

Mit Outdoor-Handbuch DRAUSSEN ALLEIN
ISBN 978-3-200-02129-7

Eine Mutprobe. Sechs junge Teenager. Und einer nach dem anderen verschwindet spurlos im Wald-in-dem-es-immer-wieder-passieren-soll.
Ron Perry ist entschlossen, das Geheimnis des mythischen Waldes ans Licht zu holen.
Doch je später die Nacht, desto entsetzlicher die Ereignisse ...

237 Seiten Spannung pur! 10 +

Ein gefährlicher Auftrag

Mit Geheimbuch für Detektive & Sachwissen
ISBN 978-3-7074-0333-6

Ihr CodeName ist SAM. Sandra, Armin und Mario. Und sie werden von der Detektei Lennert & Co oft da eingesetzt, wo sie als unverdächtige Jugendliche brisante Informationen beschaffen können.
Doch diesmal, in Zürich, läuft SAMs Auftrag gefährlich aus dem Ruder ...

210 Seiten Hochspannung! 9 +

Knifflig, rätselhaft, mysteriös. Du selbst ermittelst!

Der Maskenmann

Dunkle Geheimnisse für helle Köpfe.
ISBN 978-3-7074-0360-2

15 Ratekrimis mit Nachhilfe-Effekt Deutsch.
Wer ist der Maskenmann? Welches Geheimnis birgt der Schlangenkopf?
Wer gehört zur Phantom-Bande? Wer nennt sich Spion X?

80 Seiten spannender Krimispaß mit
lustigen Deutsch-Rätseln. 8 +

Die Wahrheit über Derek Foster

Mit Outdoor-Handbuch DRAUSSEN ALLEIN
ISBN 978-3-944729-63-3

Derek Foster erhält von Albert Mendess eine verschlüsselte Botschaft. Kurz darauf ist der Biochemiker tot und Derek mit seiner Freundin Saskia auf der Flucht. Warum schreckt jemand selbst vor dem Schlimmsten nicht zurück, um an die Ergebnisse der Biomat 79-Forschung zu gelangen, an der Derek mitarbeitete? Als Derek und Saskia die wahren Zusammenhänge begreifen, haben ihre Jäger sie bereits aufgespürt.

450 Seiten Spannung pur! 10 +

Time Twister Band 1 – Die unglaubliche Reise ins Ich
LESEN : FORSCHEN : WISSEN

Die Körperwelt entdecken

Vorsprung durch Wissen, zeitreisend die Welt erforschen. Mit Unterrichtsmaterial, Forscher-Quiz, Wissens-Rätsel, Interaktiven Illustrationen, Bilderwörterbuch Englisch, Experiment zum Selbermachen ...
ISBN 978-3-944-729-381

Tom und Lena entdecken eine Zeitreisemaschine: den Time-Twister. Neugierig folgen sie den Aufzeichnungen eines alten Tagebuches. Und plötzlich befinden sich Tom und Lena nicht mehr da, wo sie gerade noch waren – ohne zu ahnen, dass sie längst Teil eines geheimen Abenteuers sind ...

145 Seiten Abenteuer pur! 8 +

Time Twister Band 2 – Madagaskar – Insel der Rätseltiere
LESEN : FORSCHEN : WISSEN

Geheimnisvolle Tierwelt

Vorsprung durch Wissen, zeitreisend die Welt erforschen. Mit Unterrichtsmaterial, Forscher-Quiz, Wissens-Rätsel, Interaktiven Illustrationen, Bilderwörterbuch Englisch, Experiment zum Selbermachen ...
ISBN 978-3-944-729-398

Unfassbar! Tom und Lena befinden sich von einer Sekunde auf die andere nicht mehr da, wo sie gerade noch waren. Plötzlich hören sie unbekannte Geräusche und dichter Urwald umzingelt sie. Ist dieser Ort gefährlich? Noch während die beiden das überlegen, flüchten sie schon vor Riesenkuglern, Schlangen und Giftskorpionen. Doch das ist erst der Beginn von geheimnisvollen Entdeckungen auf Madagaskar, der Insel der Rätseltiere ...

130 Seiten Nervenkitzel! 8 +

Wahr oder erfunden?
Staunen garantiert!

14 erstaunliche Kurzgeschichten, von denen sich *manche* tatsächlich zugetragen haben und schier unfassbar sind.
ISBN 978-3-958691-698

Ein Loch in der Zeit. Flugzeuge, die sich samt Besatzung spurlos in Luft auflösen. Ein toter Präsident, der vor einer Katastrophe warnt … Kann so etwas tatsächlich geschehen?

243 Seiten verblüffendes Staunen! 9 +